KB275397

LA LUMIÈRE DU MONDE

Paroles réveillées et recueillies par Lydie Dattas

CHRISTIAN BOBIN

시인 리디 다타스가 모으고 되살린 크리스티앙 보뱅의 말들

세상의 빛

크리스티앙 보뱅

신승엽 옮김

리디 다타스

리디 다타스는 1949년 파리에서 태어난 프랑스 시인이다. 작곡가이자 오르가니스트였던 아버지와 배우였던 어머니 사이에서 태어나, 어린 시절부터 음악과 연극, 언어의 울림 속에서 성장했다. 스무 살 무렵, 시인 장 그르장의 눈에 띄어 첫 시집 『Noone』을 출간하며 문단에 데뷔했다. 그녀의 시 세계는 영성, 여성성, 기억과 욕망을 주제로 한다. 『정신의 밤(La Nuit spirituelle)』에서는 장 주네와의 교류를 바탕으로 인간의 내면과 신비, 반항과 구원의 긴장을 탐구했으며, 『유혹하는 여자의 수첩(Carnet d'une allumeuse)』은 랭보의 『지옥에서 보낸 한 철』에 대한 여성적 응답으로 읽히기도 한다.

오늘날 리디 다타스는 프랑스 현대 문학에서 독창적인 목소리로 평가받으며, 그녀의 작품은 여전히 독자들에게 내면을 응시하게 하고, 인간 존재의 빛과 어둠을 성찰하게 만든다.

크리스티앙 보뱅

크리스티앙 보뱅은 프랑스의 대표 시인이자 에세이스트이다. 동시대에서는 찾아볼 수 없는 독특하고 맑은 문체로 프랑스의 문단, 언론, 독자 모두에게 찬사를 받으며 사랑받는 작가다. 1951년 프랑스 부르고뉴 지방의 르 크뢰조에서 태어나 2022년 11월 24일, 71세의 일기로 생을 마감했다. 평생 그곳에서 글쓰기를 하며 문단이나 출판계 등 사교계와는 동떨어진 생활을 해온 고독한 작가다. 대학에서 철학 공부를 마친 후 1977년 첫 작품인 『주홍글씨(Lettre pourpre)』를 출간했고 아시시의 성인 프란체스코의 삶을 유려한 문장으로 풀어낸 『지극히 낮으신(Le Très—Bas)』이라는 작품으로 세간에 자신의 이름을 알렸다. 유서 깊은 프랑스 문학상, 되마고상 및 가톨릭문학대상, 조제프 델타이상을 수상한 바 있다.

르 크뢰조의 소박한 거처에서, 1950년대에 지어진 옛 소방서 건물에 알맞게 자리한 그곳에서, 크리스티앙 보뱅은 우리를 위해 말의 보물을 지키고 있다. 그는 등대지기, 수문원, 철도 건널목지기 같은 이들이 지닌 아주 특별한 고독 속에 산다. 그들은 대부분의 시간을 한가하게 보내지만, 누군가 빠져 죽거나 치이지 않도록 짧은 순간에 모든 주의를 응축시킨다. 보뱅의 고독도 이와 같다. 얼핏 이기적으로 보일 수 있으나, 실은 이 작가가 사람들과 사물들에 기울이는 거의 괴물 같은 집중력에 비례하는 것이다. 누구보다도 사람을 잘 알기에, 그는 일정한 거리를 유지해야만 한다. 그렇지 않으면, 자신의 마음이 강요하는 그 어마어마한 공감에 짓눌리고 말 것이기 때문이다. 모든 이와 하나가 될 수 없기에, 그는 혼자 남는다. 그를 이해하려면, 자신이 바라보는 모든 것이 되어버리는 사람을 상상하면 된다.

— 리디 다타스

일러두기

- 본문에 실린 각주는 모두 옮긴이 주이다.
- 단행본은 『 』 단편은 「 」 그림·음악 제목은 〈 〉로 묶었다.

이어질 말들은 녹음되지 않았다. 차가운 기술이 뜨겁게 솟아오르는 진실의 탄생을 방해할 것 같아, 나는 그것들을 하나하나 손으로 옮겨 적었다. 단 하나도 놓치지 않기 위해, 내가 가진 것은 오직 극도로 팽팽한 경청뿐이었고, 바로 그 긴장이 말하는 이를 그 어느 때보다 그의 말 속에 생생히 존재하게 했다. 그 뜨거움을 온전히 되살리기 위해, 나는 이후 질문이라는 비계飛階를 걷어냈다. 심문만큼 영감을 가로막는 것이 또 있을까? 그제야 나는 집이 세워져 있는 것을 보았다. 빛 속에서 반짝이며.

—L.D

뒤집힌 태양

Le soleil inversé

누군가를 진정으로 만난다는 건 극히 드문 일이다. 많은 사람을 만나는 사람이든, 혹은 이른바 고독한 사람이든 마찬가지다. 대부분의 사람들은 스스로 만남을 어렵게 만드는데, 자신들이 하는 말 속에 진정으로 있지 않거나 영혼이 없기 때문이다. 나는 언제나 타인의 존재가 지닌 놀라운 새로움에 믿음을 부여한다. 그러나 그가 남들과 같아지기 위해 그 경이로움을 낭비해 버린다면, 믿음은 닳아 없어지고 말 것이다. 아무도 아닌 이와 어떻게 대화를 할 수 있겠는가? 불가능한 일이다. 때로는 나누고 싶은 욕망이 너무도 강해서 시도해 보지만, 대개 헛수고일 뿐이다. 사람들의 의견은 내게 흥미롭지 않다. 내 마음에 와닿는 것은, 상대가 자신의 모든 삶의 무게를 말의 저울 위에 올려놓고, 그 위에 자기 생각을 기댈 때다.

때로 나는 사랑할 능력이 전혀 없는 사람처럼 느껴진다. 그러면서도 동시에 누구보다 더 깊이 사랑하고 있는 것만 같다. 사람들을 만나는 일은 거의 없지만, 누군가 곁에 있을 때면 나는 그와 끝없이 함께할 수 있다. 내가 태어났을 때 세상은 내 앞에 메뉴를 펼쳐놓았다. 그중 먹을 만한 것은 하나도 없었다. 하지만 상대가 진정으로 나와 함께 있을 때, 나는 먹을 수 있다. 한 모금의 공기를 마시고, 한 숟가락의 빛을 먹는다.

*

공감이란, 번개처럼 순식간에 상대가 느끼는 걸 느끼고 그것이 틀리지 않았음을 아는 것이다. 심장이 가슴에서 뛰쳐나와 상대의 가슴 속에 깃드는 것과도 같다. 우리 안에 있는 안테나가 우리를 살아 있는 것 — 나뭇잎이든 사람이든 — 에 닿게 한다. 손끝이 아닌 마음으로 우리는 가장 깊이 느낀다. 꽃을 가장 잘 아는 이는 식물학자가 아니며, 영혼을 가장 잘 이해하는 이는 심리학자가 아니다. 바로 마음이다. 마음은 나사(NASA)의 망원경보다 훨씬 뛰어난 광학 기구다. 가장 강력한 인식의 기관이며, 그 인식은 어떤 의도나 계산 없이 이루어진다. 마치 상대에게 주의를 기울이는 주체가 더는 우리가 아닌 듯이. 오직 순수한 관심과 우리 모두가 죽을 존재임을 아는 데서 비롯된 다정함만이 남은 듯이. 참으로 신기한 일이다. 그 순간, 우리는 누구인가?

어떤 방법의 틀 속에서 얻은 지혜도 마음을 넘어서지 못한다. 정체성의 모든 껍질을 벼락처럼 깨뜨리고, 나와 타인을 가르는 심연을 뛰어넘으며, 상대의 심장이 가장 미세한 박동까지 예감되는 그 순간, 그를 가장 깊이 이해할 수 있다. 우리는 공감 속에서 그가 스스로에게는 결코 해줄 수 없는 방식으로 타인을 돌볼 수 있다. 빛줄기처럼 팽팽하게 당겨진 집중과 관심으로, 그러나 어떤 심리적인 지배도 없이. 최대한의 가까움과 성스러운 거리를 동시에 지니는 이중의 예술. 도스토옙스키의 미시킨 공작이 바로 공감의 왕자다.

아마도 공감을 통해 나는 학급 사진 속으로 거슬러 올라가는지도 모른다. 학급 사진만큼 마음을 뒤흔드는 것은 없다. 운명과 시련과 기쁨이 이미 프레임 밖에서 그 얼굴들 주변을 맴돌고 있기 때문이다. 사진 속 아이들은 포도송이처럼 모여 있다. 얼굴 수만큼의 포도알들, 시간이라는 포도 재배자의 손이 그것들을 으깨어 귀한 술이든 시큼한 술이든 빚어낼 것이다. 수확의 때가 머지않았다. 하지만 망원경으로 별빛의 궤적을 거슬러 올라가듯이, 우리는 단체 사진 속 그 아이의 얼굴까지 올라갈 수 있다. 다시 말해 그를 이해하는 것이다. 모든 달력이 뒤집히는 그 순간, 우리는 한때 아이였던 그의 마음에도, 언젠가 마지막 날에 그가 품게 될 마음에도 동시에 닿는다.

*

마음이 없이는 공감도 없다. 마음을 가진다는 건 곧 자기 자신을 벗어나는 일이기 때문이다. 그러나 타인을 거의 그가 되어버릴 만큼 느껴야 한다 해도, 동시에 일정한 거리를 유지해야만 한다. 그렇지 않으면 융합 속에 빠져들고 말 것이다. 제어되지 않은 공감은 끝없이 확장되어 스스로를 잃는다.

어머니는 공감을 통해 아이가 울기 직전에 이미 그 울음을 듣는다. 그러나 융합에 빠진 어머니는 아이의 영혼을 자신의 영혼에 끔찍하게 묶어버린다. 공감의 경계 너머에는 서로를 삼켜버리는 융합이 있다. 융합이 완전히 이루어진 상태라면, 어머니는 아이가 움직이도록 말할 필요조차 없을 것이다. 아이의 내면에서 이미 말하고 있기 때문이다. 융합 속의 가까움은 누군가가 다른 누군가를 지배하기에 끔찍하다. 거리는 — 어쩌면 하나의 경계선에 불과한지도 모르지만 — 말이라는 칼로 그어진다. 언어가 융합의 식인食人 행위를 막아주는 것이다.

*

글쓰기는 본질적으로 자폐적인 성향을 지닌다. 시인은 말을 하는 자폐인이다. 텅 빈 방 안의 헐벗은 인간. 그는 자신의 빛을 붙잡고 있기에 무엇도 밝히지 못한다. 그러나 글을 쓰면서 자신의 피부를 뒤집어 놓는데, 피부의 안쪽은 눈부신 색채들로 수놓여 있다. 자폐는 빛줄기들이 안쪽을 향해 있는, 뒤집힌 태양이다. 겉은 매끄럽고 아무런 감각도 매력도 없지만, 그 안에는 전례 없는 장엄함이 깃들어 있다. 한 사람이 자기 안에 갇혀 있는 한, 아무것도 — 혹은 거의 아무것도 — 밖으로 발산되지 않는다. 그러다 마침내 자신을 표현하게 되면, 그 내면에서 쏟아져 나오는 광채는 믿을 수 없을 만큼 눈부시다. 침묵하는 자폐인처럼, 시인은 글을 쓰며 자신을 묻는다. 그는 자기 안의 영광 속에서 살며, 세상으로부터는 죽은 존재다.

*

무언가를 온전히 보기 위해서는 상실을 받아들여야 한다. 세상 바깥, 즉 죽음의 자리에 있어야 그것을 제대로 인식할 수 있다. 누구도 구석에 떨어져 앉아 이제 더는 부모를 기다리지조차 않는 아이만큼 운동장을 정확히 그려내지는 못할 것이다. 일어나는 일은 물론 일어나지 않는 일까지 세밀히 묘사할 줄 아는 그 아이에게는 자신이 물러선 만큼 있는 그대로의 세계를 말한다는 겸손에 가까운 자부심이 있다. 부재하는 자야말로 존재들에 대해 가장 잘 말할 수 있다. 그는 무엇에도 관여하지 않지만, 바로 그렇기에 누구보다 잘 보는 것이다. 자신의 눈빛에서 세계를 발원하는 자의 시선에는 절대적인 정밀함이 깃들어 있다. 그 시선은 그가 바라보는 모든 것을 맹금의 눈처럼 꿰뚫는다.

*

나는 이미 어릴 적에 내 몸을 떠나 두 눈 속으로 들어가서 보이는 모든 것을 읽었다. 단지 책에서만이 아니었다. 세월이 흐르며 사람들은 시력을 차츰 잃는다지만, 나는 오히려 때때로 시력을 조금씩 되찾는 것만 같다. 세상의 일에는 단 한 번도 깊이 관여하지 않았다. 그런 세상의 삶 속에서는 남들에게 주어진 운명도 내게 주어진 운명도 끔찍하게만 느껴졌다. 나는 이미 한 걸음 물러서 있었고, 내 안에는 하나의 세계가 있었다. 나는 어린 시절 마당에 핀 수국의 놀라운 푸른빛에 사로잡히곤 했다. 비에 반쯤 씻긴 듯한 그 푸른빛. 수국 한 송이 한 송이는 어린 내 손보다도 더 컸다. 세상에 존재한다는 것이 놀랍고 피로하게 느껴졌다. 때로는 놀라움이, 때로는 피로가 앞섰다.

빛에 그토록 끌렸던 것은 그 바탕에 어둠이 있었기 때문이다. 나는 혼자 있기를 매우 좋아했고, 거리에서 만나는 아이들보다 책 속에서 만나는 아이들과 더 친밀했다. 사내아이들의 난폭함은 내게 반감을 불러일으켰다. 다른 아이들은 사물의 겉모습에 만족하며 거칠고도 명랑한 태도로 세상에 적응했지만, 나는 그런 무리를 보면 슬퍼졌다. 그들을 언제나 두려워했고, 늘 경계를 늦추지 않았다. 그렇게 나는 몇 평 남짓한 내 방 안에서 수년 동안 갇혀 지냈다. 내가 자라난 그 몇 뙈기 땅은 피난처이자 감옥이었다. 그러나 비좁은 감방과도 같은 그곳에서도 모든 것은 계속해서 내게 닥쳐왔다. 그처럼 좁은 공간에서도 북의 가죽처럼 팽팽하고 단단한 바닥 위로 모든 것이 진동했다. 인동꽃 한 송이나 장미꽃잎 한 장만 떨어져도 그 땅은 놀랍도록 울려댔다. 내가 글을 쓰기 시작한 날, 그것은 한 편의 시가 되었다.

나로 말하자면, 시선이 정밀해질수록 나의 부재는 더욱 확실해진다. 글을 쓸 때면 나 자신이 더는 존재하지 않는 것만 같다. 대체로 시간과 나는 서로 다른 삶을 살아가는데, 시간은 눈앞에서 강물처럼 흘러가고 그동안 나는 늙어간다. 어떤 면에서 나는 살아온 게 아니라, 그저 삶을 바라보며 내 생을 보냈을 것이다.

*

이 삶에서 우리는 순수한 자이거나, 삶에 의해 불타버린 자이다. 가장자리에 있거나, 한 가운데에 있거나. 유일한 위험은 그 둘이 조금씩 섞이는 건데, 그것이 바로 사회다. 불길 속에 던져진 존재이거나, 이 삶으로부터 아무것도 취하지 못한 채 오직 구름과만 대화하는 아이. 나는 후자의 부류에 속한다. 어린 시절에는 십 년을 계단에 앉아 지냈고, 청년기에는 이십 년을 침대에 누워 보냈다. 그러던 어느 날, 나는 달리기 시작했다. 방문 앞에 불쑥 두 명의 장의사 ― 두 명의 보험 설계사 ― 가 나타났기 때문이었다. 나의 무위는 결국 모든 이들에게 걱정을 끼쳤고, 어머니가 내게 그 두 사람을 보내어 어떻게 그 직업을 가질 수 있는지를 설명하도록 했던 것이다. 그 순간 나는 깨달았다. 원하지 않는 일을 떠맡지 않으려면 서둘러 스스로 일을 찾아야 한다는 것을. 그렇게 나는 박물관에서 일하게 되었고, 세상에는 사무실이라는 게 있다는 걸 알게 되었다. 그리고 그곳이 얼마나 지독하게 지루한 곳인지도. 다행히도 내가 일하던 사무실 창가에는 손을 내민 듯 가지를 뻗은 커다란 마로니에가 있었다. 그 나무의 존재가 내게 적대적인 그 장소에 갇혀 있는 시간을 견디게 해주었다.

*

어렸을 때부터 나는 사람들이 사물에 대해 내게 말해주는 것과 사물 그 자체가 일치하지 않음을 이미 깨닫고 있었다. 늘 세상의 바깥에, 관습적인 삶 속으로 들어가기를 완강히 거부하는 침묵의 삶 쪽에 서 있던 나는 사람들이 사물에 부여한 이름을 취하기보다는 차라리 직접 다가가 그들에게 이름을 물어보는 편을 더 선호했다. 그래서 장밋빛에 물든 거친 회벽만으로도 나를 밝혀줄 수 있었다. 나는 그 장미들이 하는 말을 거의 들을 수 있을 것만 같았다. 그처럼 나를 밝혀주는 건 장미만이 아니었다. 한 줄기 너그러움에 스친 얼굴, 할머니의 고통, 피로 끝에 찾아온 얼굴의 부드러움도 그러했다.

삼십 년 동안 나는 나를 미치게 만들었을지도 모를 어떤 것 속으로 들어가기를 거부해 왔다. 세상이 우리에게 제시하는 규율과 오락들, 그건 어디서나 들려오던 배경음이었다. 이 이야기는 자칫 나쁜 쪽으로 흘러갈 수도 있었는데, 미쳐버리지 않기 위해서 내가 정말로 미쳐버릴 수도 있었기 때문이다. 더구나 내 삶에는 동화 같은 요소도 있었는데, 내 조상 가운데 한 분은 실제로 장미에 찔려 돌아가셨다.

*

　모든 아기들은 전쟁 중에 폐허가 된 도시에서 태어난다. 우리는 태어나자마자 삶의 잔해들을 떠안는다. 이제 막 세상에 나와 곧바로 소음과 관습, 부족한 사랑의 전신주 아래 놓인다. 가질 수 있는 유일한 희망은 신들의 품에서 길러지는 것일 테지만, 태어나는 순간 우리가 얼마나 서툴고 떨리고 불안한 손들 사이로 떨어지는지를 생각하면 아득하다. 나 역시 예외는 아니다. 내 삶의 모든 건 하나의 첫 음에서 비롯되었다. 그런데 알고 보니 그 첫 음은 어두운 음색이었다.

　나의 글쓰기는 곧바로 자신만의 독립성 갖는 불꽃과 같다. 그럼에도 그 불꽃은 가장 무겁고 가장 어두운 재료들의 충돌에서 생겨났다. 내가 삶에서 누리는 모든 빛은 언제나 어둠으로부터 손에 넣은 것이다. 나는 지옥 끝까지라도 사랑을 찾아 나선다. 수국의 푸른빛이나 어머니가 아들에게 건네는 한마디 말에 눈이 멀 정도라면, 그 빛을 둘러싼 주변이 얼마나 어두웠을지를 짐작할 수 있을 것이다. 어린 시절 내 주변은 온통 밤이었다. 그러나 때로 한 줄기 빛이 세상의 어둠을 가로지르곤 했고, 나는 무너지지 않기 위해 그 빛에 미친 듯이 매달렸다. 이제 나는 확신한다. 한 장의 장미 꽃잎만으로도 누군가가 허무로 굴러떨어지지 않도록 막을 수 있다는 것을.

*

내 책들은 내 삶의 특별한 순간들이다. 깊은 침묵 속에서 흘러나온 이 예외적인 순간들이 나를 모든 것을 넘어선 곳으로 데려간다. 글쓰기는 늘 바깥에서 온다. 결코 안에서 오지 않는다. 바깥이 광포한 열차처럼 내 안으로 들이닥치는 것이다. 그러면 눈앞의 장막이 찢어지는 듯한 느낌이 들고, 비로소 보기 시작한다. 내 앞에 드리워져 있던 검은 벨벳 천이 때때로 찢어지며 그 뒤에 가려져 있던 순금이 드러나는 그 순간, 나는 깊이 감동하며 삶이 패배하지 않았음을 알게 된다. 증명할 수는 없지만 누구도 내게서 빼앗을 수 없는 앎이다. 항상 거기에 있음을 내가 알고 있는 무언가가 어렴풋이나마 모습을 드러내지 않았다면, 이 심상心象의 덧없음은 절망을 불러왔을 것이다. 쓰는 일과 보는 일은 다르지 않다. 무언가를 보기 위해서는 빛이 필요하다. 그러나 역설적이게도, 잉크의 검은 어둠 속에서도 빛을 발견할 수 있다. 종이 위에 드리운 밤과 같을지라도, 바로 그 안에서 우리는 선명히 본다.

*

태어날 때 우리에게 주어진 그 찬란한 양피지를 누군가는 샌드위치를 싸는 데 쓰거나, 혹은 삶을 폄하하는 글을 쓰는 데 써버린다 해도, 내가 어찌할 수 없는 일이다. 나보다 덜 허무주의적인 사람을 찾기는 어려울 것이다. 그러나 누군가와 이야기할 때, 그가 어디에서 왔는지를 결코 잊어서는 안 된다. 물론 그를 그의 과거 속에 영원히 가두어서는 안 되지만, 그럼에도 그가 처음에 어떤 존재였는지를 드러내는 빛깔은 영원히 남아 있다.

스무 살이 되었을 때, 나는 이 땅 위에 존재한다는 사실을 받아들여야 했다. 결코 쉬운 일은 아니었다. 그리하여 청년기에 그다지 장밋빛이라 할 수 없는 시들을 쓰기 시작했다. 첫 번째 시를 기억한다. 그 시는 자신의 관 속에 누워 장례식에 온 이들을 향해 저주를 퍼붓는 누군가에 의해 쓰였다! 그 시기에는 흔히 그렇듯, 어두운 내용이었다. 나는 여전히 유년의 세계에 있었고, 그곳을 떠나고 싶지 않았다. 그래서 고통스러웠다. 프랑스어 교사의 권유로 그 시를 수업 시간에 낭독한 적이 있다. 텍스트가 불러온 짓누르는 듯한 침묵을 여전히 기억한다. 하지만 다행히도 그 어두운 시기는 오래가지 않았다. 나는 언어가 빛이 아니라면 아무 의미도 없다는 걸 일찍이 깨달았다. 우리에게 도움이 될 수 있는 건 오직 빛뿐이기에, 한 줄기 햇살이라도 스며오면 나는 곧장 그쪽으로 달려간다. 그렇게 글쓰기를 통해서 나는 지극히 평온해지지만, 야영지에서의 평온처럼 오래 지속되지는 않는다. 어쩌면 천국이란 누구도 자신을 해치지 않으리라는 확신 속에서 온전히 현재에 존재하는 것, 마음을 하늘처럼 활짝 열어 놓아도 누구도 그곳에 불을 지르려 하지 않는 것이 아닐까. 무방비로 있으면서도, 결코 위협을 느끼지 않는 상태. 글쓰기는 그것을 가능하게 한다. 내 삶은 대체로 평범하면서도 이상하리만치 위태롭다. 모래 위로 내던져진 물

고기처럼. 나는 글쓰기가 나를 다시 데리러 오기를 기다
린다. 그렇게 다시 살아나고, 곧 다시 죽는다. 그러다 문
득 모든 것이 계시처럼 드러나는 순간이 찾아온다. 보리
수잎 한 장만으로도 하루 전체가 빛이 나는 순간이다.

*

　오늘 아침, 나는 보리수나무 위에 앉은 여섯 마리의
멧비둘기를 보았다. 운 좋게도 그 장면은 창틀에 의해 하
나의 그림처럼 잘려 보였다. 새들은 침묵으로 빛나고 있
는 듯했다. 저마다 제 나뭇가지 위에 앉아 있던 새들의
목에는 반쪽짜리 검은 목걸이처럼 보이는 무늬가 있었는
데, 매우 세련되면서도 절제된 느낌이었다. 모두 같은 방
향을 바라보며, 지극히 평온하게 무언가를 기다리는 것
만 같았다. 그 광경이 낮과 밤의 차이를 지워버렸다. 새
들은 궁정의 행렬이 지나가기를 기다리며 집 문 앞에 나
와 서 있는 마을 사람들 같았다. 나는 그 장면 속의 일곱
번째 존재였다. 우리는 모두 하나의 작고 투명한 수수께
끼에 이끌리고 있었다. 우리에게 예고된, 낯설고도 드문
무언가를 기다리고 있었다. 나무 자체도 그 기다림 속에
사로잡혀 있는 듯했다. 그런 종류의 광경을 본 건 처음이
었다. 물론 겉으로 보기에는 아무 일도 일어나지 않았고,
어떤 행렬도 도착하지 않았다. 그럼에도 나는 이루 말할
수 없는 평화로움을 느꼈다. 여섯 영혼이 평온하고도 확
신에 찬 기다림 속에 있던 믿을 수 없는 마법 같은 순간

26

이었다. 거기에 더해 빗방울이 작은 자갈에 부딪는 소리를 내며 떨어지고 있었다. 그 뒤로 시간은 아주 천천히 그리고 조용히 제자리를 되찾았다. 나는 고요히 작은 신비에 참여하고 있었다.

이런 순간들은 내 삶에서 무언가를 꺼내어 부패하지 않게 만든다. 시간으로부터 해방된 순간들이기 때문이다. 그 장면은 눈에 담기에 과분할 정도로 아름다웠다. 긴장과 평화가 동시에 얽혀 있는 그토록 아름다운 것들 앞에서 나는 늘 그에 합당하지 못한 사람처럼 느껴졌기에, 조금 주눅이 들기도 했다. 그럼에도 멧비둘기들의 내밀한 모임에 받아들여졌으니, 부끄러울 만큼의 호사였다. 지극히 단순한 일들이지만 그 조합은 아직 모차르트의 이름을 모르던 때 그의 음악을 처음 들었던 순간처럼 놀라울 만큼 완벽했다.

*

나는 자연을 하나의 구경거리로 생각해 본 적이 없다. 자연을 찬미하기 위해 붉은 벨벳 의자에 앉아야 한다고도 생각하지 않는다. 오히려 자연은 우리가 그 안에 머무는 하나의 경험일 것이다. 이끼로 덮인 벽은 한 권의 마법서 같아서, 바라보고 있노라면 어디까지가 책이고 어디까지가 독자인지 더는 알 수 없게 된다. 가장 충만한 순간 나는 이 책의 문장들 가운데 하나가 되고, 그러면 개암나무 잎사귀나 한 줄기 햇살처럼 지혜로워지는 행복을 느낀다.

거의 언제나, 참나무 잎사귀 한 장 또는 벽 위로 돋아난 작은 이끼 같은 것들이 오늘 내가 묘사한 것과 유사한 체험을 불러일으킬 것이다. 하지만 여전히 나를 놀라게 하는 건, 그 실제적이고 깊은 아름다움을 통해, 보이지 않는 세계의 물이 보이는 세계의 땅으로 흘러 들어와 눈과 심장 깊숙이 스며들었다가 이내 물러나는 듯하다는 점이다. 그처럼 섬세하고도 호사스러운 사건들을 목격하면 작은 고통이 뒤따른다. 이 일을 누구에게 말할 수 있을까? 누가 들어줄 수 있을까? 이미 그것을 이해하지 못한 사람에게는 그 어떤 것도 설명할 수 없다는 사실이 고통스럽다. 우리는 오직 그것을 예감하고 있으면서도 그에 대한 빛이 없어 괴로워하는 이들에게만 이야기할 수 있을 뿐이다. 그들에게라면 나는 아주 오래도록 이야기할 수 있을 것인데, 아침 뉴스에서 듣는 이야기들보다 훨씬 더 큰 의미를 지니고 있음을 알기 때문이다.

우리는 섬광처럼 스쳐 지나가는 아름다움을 통해서만 삶에서 벗어난다. 그때 우리는 시간과는 아무 관련이 없는 어떤 지속을 느끼지만, 곧바로 한층 더 불투명해진 세계와 마주하게 된다. 그토록 아름다운 자연조차 실은 무심하다. 들꽃이 만발한 아름다운 시골길 한가운데에서도 인간은 살해될 수 있다. 그러니 피난처는 어디에도 없다. 하지만 그건 그다지 두려운 일은 아니다. 진정 두려운 일은 우리에게 주어진, 그 안에서 모두가 어느 정도 길을 잃고 있는 이 삶에 대해 깊이 생각하지 않는 것이다.

나는 무엇이 우리를 구원할 수 있을지에 관하여 아주 일찍부터 민감했다. 비록 그때는 무엇이 나 스스로를 잃게 할 수 있는지에 관해서는 막연한 의식 뿐이었지만 말이다. 이 삶에서 우리에게 주어지는 첫 번째 도움은 자연의 아름다움이다. 다만 그 아름다움에 힘을 보태야 한다. 비 온 뒤에 떠오르는 무지개가 눈부시게 아름답다 해도, 그 아름다움을 인식함으로써 우리 안에서 피어나는 무지개는 비교할 수 없을 만큼 더 아름답다.

일하던 시절, 나는 영혼도 떨림도 없는, 재앙과도 같은 초록색을 알게 되었다. 회의실 탁자를 덮고 있던 색이었다. 그건 돌담이나 나무의 그늘진 면을 덮으려 앞다투어 번져가는 몽환적이고 매력적인 이끼의 초록색과는 정반대였다. 약간의 푸른 기운이 섞여 있는, 숲속 그늘의 초록빛은 동물의 피부처럼 숨을 쉰다. 아이들에게 맨발로 자기 위를 걸어보라고 손짓하는 이끼는 삶의 자리를 차지하려 드는 회의실 탁자의 그 단조롭고 밋밋한 초록과는 가장 먼 곳에 있다. 나를 서글프게 하는 흰색도 있다. 연회에서 우아하게 지루해할 이들의 잔 아래에 깔린, 물결무늬 종이 식탁보의 흰색이다. 진지한 사람들이 연설을 시작하기도 전에 금세 더러워지고 마는 그 흰색을 보기만 해도 괜스레 마음이 저며온다. 그와는 반대로, 눈雪의 흰색만큼 부드럽고 변화무쌍한 것은 없다. 매 순간 새로워지는 듯하며, 마치 생명이 끝없이 스스로에게 덧붙여지는 것만 같다.

*

태양은 보이지 않는 상처를 치유한다. 나 또한 글을 쓰며 그렇게 하고 싶다. 불행은 내 안 깊은 곳에 자리한, 아주 일찍이 빛으로부터 얻은 깨달음을 결코 지워내지 못했다. 어느 여름, 나는 농가의 마당에서 어린 시절을 보낸 적이 있다. 풍요롭고 충만한 순간들이었다. 짚단, 닭들의 울음, 이삭에서 떨어져 나와 살갗을 간지럽히던 밀알들, 볕 아래 그 모든 것이 하나로 뒤섞여 있었다. 산업자본이 시골에까지 스며든 이후로, 이 땅에 더 이상 낙원은 없다. 그러나 낙원 같던 그 기억은 살아 있는 것들에 대한 내 믿음을 굳건히 해주었다.

안타깝게도 어릴 적 내 곁에는 함께 걸으며 사물들의 이름을 불러줄 어른이 없었다. 그건 내게 결코 작은 결핍이 아니었다. 쉰 살이 되어서야 비로소 나는 '너도밤나무'라는 말을 한 그루의 나무에 붙일 수 있었고, 커다란 기쁨을 느꼈다. 며칠 전에는 이름을 알지 못하는 아름다운 새 한 마리를 보았다. 그때 나는 그 결핍을 '보았다'. 내가 본 아름다움만큼이나 커다란 결핍이었다. 사랑하는 것의 이름을 모른다는 건 슬픈 일이다. 한 조각의 순수한 멜랑콜리다. 그러나 이름을 알게 되는 순간, 한 마리 새가 손 위에 내려앉듯 그 이름은 우리의 정신 속에 살포시 내려

앉는다. 사랑하는 것에 이름을 붙이는 건, 더 잘 사랑하는 일이다. 사랑의 덧붙임이다. 바로 그것을, 나는 지금 배우려 애쓰는 중이다. 하지만 그것만으로는 충분치 않다. 나는 장미를 흔한 말이 아닌, 장미 고유의 언어로 이름 부르기를 꿈꾼다.

*

나는 자연을 간헐적으로만 보러 간다. 그 아름다움이 너무 커서 벅차기 때문이다. 금화와 보석으로 가득 찬 상자 앞에 오래 머무르는 것과도 같다. 그러다 보면 눈이 멀게 될지도 모를 일이다. 그래서 나는 그저 두세 개의 보석만을 챙겨 돌아온다. 들판에서는 작은 나무숲이 받는 것과 동일한 태양의 편지를 받을 수 있는데, 그것만으로도 이미 넘칠 정도로 충분하다. 경탄할 만한 존재들인 플라타너스는 그 잎사귀의 다정함으로 학교 아이들과 교감을 맺는다. 두려울 정도로 강렬한 빛을 띠는 산딸기들은 잉걸불의 아주 작은 조각들이다. 이와 같은 마법에 사로잡히면 숨이 막힐 수도 있다. 마법에는 그에 맞설 마법이 필요하고, 그럴 때 우리가 본 아름다움을 가리켜 누군가에게 보여주는 일보다 더 위안이 되는 것은 없다. 그렇지 않다면, 너무도 맹렬히 솟아나는 아름다움에 짓눌려 버릴지도 모른다. 가까이 다가와 소매를 끄는 아이처럼, 버섯은 향기를 내보내 나를 끌어당긴다. 무언가가 우리에게 다가온다. 마침내 그 소리를 들을 때까지. 어쩌면 멧비둘기들은 내 고개를 들게 하려 여럿이 힘을 모았을 것이다. 모두가 같은 검은 목걸이를 두르고 있던 그 모습은 마네의 <올랭피아>*보다 훨씬 더 아름다웠다.

*

　나에게 신뢰를 주는 건 타인의 선함과 자연의 아름다움이다. 이 땅에는 끔찍한 불행만큼이나 천상의 기쁨 또한 존재한다. 게다가 자연에는 또 다른 사랑스러운 면이 있는데, 우리의 계산과 연구로는 헤아릴 수 없다는 점이다. 이곳에서 멀지 않은 곳에는 작은 연못이 하나 있다. 갈대가 그 일부를 가리고 이끼로 보드랍게 덮인 오솔길이 주변을 감싸고 있는, 숲속에 숨겨진 연못이다. 언젠가 책 한 권을 챙겨 그곳에 간 적이 있다. 책 읽기를 좋아하는 사람의 독서를 방해하는 일은 무척 조심스러운 일이다. 그러나 나는 자연 속에서 오래 버틸 수 있는 책을 알지 못한다. 하늘이나 초록빛 풀들이, 물결의 찰랑임 혹은 단순한 침묵이 어느 순간 내 손에서 책을 빼앗아 가버린다. 아무리 아름다운 책일지라도 말이다.

　책은 처음에는 닫혀 있다. 그러니 우리의 의지와 상관없이 우리를 매혹할 수는 없다. 하지만 자연 안에서는 우아한 길이나 매력적인 곤충이 먼저 우리에게 다가온다. 자연은 언제나 펼쳐져 있는 한 권의 책이며, 그 책의 페

* 　1863년에 발표된 이 그림은 누드 여성(올랭피아)과 그녀의 목에 묶인 검은 리본 목걸이로 유명하다.

이지를 넘기는 것은 바람이다. 어쩌면 밤은 말들이 사라지는 순간, 한 페이지에서 다른 페이지로 넘어가는 그 순간에 불과한지도 모른다.

한 마리 나비나 새의 섬세함 앞에서 나는 거대한 도서관 한가운데에 서 있는 문맹자인 듯 한없이 부족하게 느껴진다. 자연 속을 걷는 일은, 모든 책이 오직 본질적인 문장만을 담고 있는 거대한 도서관에 있는 것과 같다. 그때 우리는 요한복음의 한 구절 안으로 들어선다. "만일 예수가 행하신 일을 낱낱이 기록한다면, 이 세상이라도 이 기록된 책을 두기에 부족할 줄 아노라."

이유 없는 기쁨

La joie sans cause

나는 종종 삶을 장밋빛으로 그린다며 비난을 받는다. 하지만 도대체 어떤 저울이란 말인가? 검은 눈썹을 찌푸린 채 가장 미세한 빛의 티끌까지 달아보며, 가장 작은 희망마저 확대경으로 들여다보는 그 저울이란. 측정하겠다면, 좋다. 다만 정확한 저울로 하라. 그리고 그 저울로 의심의 먼지도 함께 달아보아야 하리라. 나는 이런 종류의 비난 속에서 우리 시대의 허무주의와 '진보'라는 비참한 신조의 징후를 보지 않을 수 없다. 게다가 과학자들은 나를 웃게 만드는데, 그들은 내가 앉아 있는 의자의 실재를 해체해 끝내 원자들의 조합으로 환원해 버리면서도 눈에 보이지 않는 것에 대해 말이라도 꺼내면 곧장 상대를 미개인 취급한다. 그들은 신비가 '아래쪽'에 있는 것은 기꺼이 인정하지만, '위쪽'에 있는 것은 결코 받아들이려 하지 않는다.

어떤 이들이 의심이나 고통, 혹은 두려움을 겪지 않았다고 말하는 건 부당한 일이다. 무슨 근거로 그런 단언을 할 수 있단 말인가? 영적이거나 예술적인 재능은 처음에는 불공평해 보이지만, 곧바로 어떤 상실로 그 대가를 치른다. 태어날 때 신이 어떤 이들에게 금빛 손을 주지만,

그와 동시에 한쪽 발을 거두어 가는 것과도 같다. 대가는 즉시 치러진다. 마치 신이 이렇게 말하는 듯하다. "너는 이것은 풍족히 받겠지만, 저것은 거의 받지 못하리라." 그것은 일종의 보이지 않는 정의이고, 그래서 오히려 다행스러운 일이다. 누군가를 선택해 죽을 때까지 완전한 보호 아래 두는 신이라면 살인자와 다름없을 것이다. 만약 어떤 이들이 천사들의 손길에 덮인 채 태어나, 현실이 그들의 눈앞에서 의심도 고통도 없이 한 폭의 그림처럼 흘러간다면, 그것은 도저히 견딜 수 없는 일일 테다. 삶은 어렵고 고되다. 가장 거친 자에게조차 그렇다. 억만장자에게조차 삶은 찢겨 있고, 불안과 기다림으로 가득 차 있으며, 그 끝에는 검게 그을린 죽음의 벽이 서 있다. 그렇다면 왜 오직 하늘을 쫓는 이들의 삶만이 쉬운 것이겠는가?

*

이 생에서 빛과 사랑으로 된 외투를 만들어 입는다는 건 거의 불가능하다. 성인들의 흠 없는 외투는 그들이 혹독한 대가를 치르고 얻은 것임이 분명하다. 그들을 입히는 것은 오직 영혼뿐이고, 영혼이란 값을 매길 수 없는 것이므로. 그들을 감싸고 있는 것은 그들의 맑고 온유한 눈이다. 세상의 모든 명주실이 그 눈에서 흘러나오는 듯하다. 상상할 수 없을 만큼 비싼 값을 치르고 얻은 외투지만 그들은 그것에 대해 좀처럼 말하지 않는다. 타인에게 그 무게를 지우지 않으려는 일종의 깊은 배려 탓이다.

빛이 그토록 드물게 추구되는 이유는 가장 작은 은총조차 값을 매길 수 없음을 우리 모두가 알고 있기 때문이다. 그리하여 별까지 이어지는 사다리 위에는 아무도 몰려들지 않는다. 쉬운 일이었다면 수많은 이들이 이미 그 길을 택했을 것이다. 그러나 어떤 재능을 지닌다는 건 거의 불행에 가깝다. 오늘날에 에피날 화상畵像 속에서만 빛나는 성인들, 그들의 어깨에서 발끝까지 감싸고 있는 담비빛 광채의 이면에는 깊고 어두운 고통이 깃들어 있다고 나는 생각한다. 우리는 성인들의 존재를 의심할 것이 아니라 기뻐해야 한다. 비록 교회가 때때로 그들을 만들어 냈음을 알지라도 말이다. 의심은 존중할 만하고 언제나 바람직하다. 그러나 때로 사유는 자신보다 더 위대한 것과 마주했을 때 더 이상 무엇을 말해야 할지 알지 못한다. 성스러운 말을 믿지 않는 건 그들의 영웅적 위대함을 모욕하는 행위일 것이다.

*

나는 늘 작가란 권리보다 의무를 지닌 존재라고 생각해 왔다. 그리고 그 의무 가운데 하나는 '살아가도록 돕는 것'이라고 말이다. 내가 책에 빛을 담았다면, 그건 독자의 삶에 어둠이 드리우지 않게 하려는, 나를 읽어주는 사람에 대한 예의에서 비롯된 것이다. 삶을 어둡게 만들고 깎아내리는 일을 자신의 특기로 삼은 작가들은 이미 충분히 많아 보였다. 시인들과 예술가들은 종종 일종의 '무례할 권리'를 스스로에게 부여한다. 재능이 있다는 이유로 자신들이 모든 권리를 가지고 있다고 믿는 것이다. 이러한 태도는 내게 혐오감을 일으킨다.

나는 어쩌면 때로 기쁨 쪽으로 너무 기울었을지도 모른다. 고통을 외면해서는 안 되지만, 그럼에도 나는 여전히 그편이 그 반대보다 낫다고 믿는다. 마음은 태양의 일꾼이기 때문이다. 용기란 이 삶을 지옥처럼 그려내는 데 있지 않다. 삶은 실제로 자주 지옥이니까. 진정한 용기는 현실을 있는 그대로 보면서도, 그 안에서 여전히 천국의 희망을 붙드는 데 있다. 그것이 바로 필립 자코테*가 앙드레 도텔**의 책들에서 당황해하는 지점이다. 도텔의 책에서 죽음은 단지 한순간 스쳐 지나가는 소멸일 뿐이다.

나는 도텔이 삶의 끔찍한 면을 보았다고 믿는다(어떻게 그가 모를 수 있겠는가?). 하지만 그는 삶에서 불행을 압도하는 찬란한 빛 또한 보았다. 어느 날 누군가 그에게 지옥에 대해 어떻게 생각하느냐고 묻자, 그는 매우 상식적으로 대답했다. "나는 지옥을 싫어합니다." 오늘날 수많은 작가들이 지옥을 사랑한다고 주장하지만, 그건 단지 그들이 지옥을 알지 못한다는 사실을 보여줄 뿐이다. 프루스트의 태양을 향한 증오나 사르트르의 나무를 향한 증오가 내게는 이 병든 사회를 잘 드러내는 상징처럼 보

---

* Philippe Jaccottet(1925~2021) : 스위스 출신의 프랑스어권 시인이자 번역가로, 투명한 언어와 침잠하는 사유로 현대 유럽 시단에서 중요한 위치를 차지한다.
** André Dhôtel(1900~1991) : 프랑스 소설가. 일상의 풍경 속에서 갑작스레 열리는 기이하고 환한 세계를 담아낸 작품들로 알려져 있다.

인다. 불행은 문학적 상품으로 만들어져 유행이 되어버렸다. 특히 세상의 악을 폭로한다는 명목으로 그것을 과시하는 작가들에게서 이런 경향이 두드러진다. 반항적이라 자처하는 일부 작품들은 오히려 세상의 혼란을 더할 뿐, 누구에게도 도움이 되지 않는다. 그 작가들이 아무 대가도 치르지 않았다는 게 바로 그 증거다. 파리의 살롱에서 지옥의 불길을 논할 수는 없는 법이다. (그러나 랭보로 말하자면, 그는 대가를 치렀다.) 문학의 쓰레기 더미를 뒤적이는 이 청소부들은 스스로 저주받은 예술가인 양 꾸미지만, 그들이 저주받았다고 할 만한 것은 오직 유행을 좇는다는 사실뿐이다. 물론 나 자신을 본보기로 여기는 건 아니다. 나는 레이스와 납으로 만들어진 듯하다. 세상과 하늘이 내 안에 함께 있다. 녹여 없애야 할 덩어리는 거대하다.

*

아기들은 사유하는 법을 가르쳐 준 나의 스승들이다. 그런데 그들은 결코 슬퍼하지 않는다. 개인적으로 나는 멜랑콜리야말로 가장 큰 죄악이라고 믿는 편이다. 그것은 내게 교회가 죄로 낙인찍었던 '아케디아'*, 곧 신성 모독에 가까운 '영혼의 황폐함'과 맞먹는 금기다. '슬픔'이라는 단어는 아주 값비싼 향수병과 같다. 한동안 나는 그

---

* 기독교 수도원 전통에서 쓰이던 개념으로, 영적 무기력·권태·무감각을 뜻한다. 기도와 관상, 내적 삶에 대한 흥미가 사라지고 어떤 선한 일도 할 의지가 생기지 않는 상태를 가리킨다. 고대에는 '영혼의 나태' 혹은 '멜랑콜리'와 비슷한 정서적·영적 침체로 설명되었다.

단어에 가까이 다가가려 하지도 않았다. 혹여나 병이 깨져 그 향이 내 삶 전체에 스며들까 두려웠기 때문이다. 하지만 이제 그런 두려움은 없다. 가장 최근에 출간된 책을 쓰기 시작했을 때, 나는 이렇게 생각했다. "이건 몹시 슬픈 책이 되겠지, 사람들을 우울하게 만들 거야." 사람들이 내게서 무엇을 기대하는지 알고 있기에, 그 생각에 웃음이 났다. 그러나 내가 오늘 어둠에 다가가는 것은, 빛을 한층 더 드러내기 위해서이다.

내 초기의 책들은 어둠과 빛을 함께 말했지만, 사랑하는 이의 죽음을 다룬 『그리움의 정원에서』에서는 죽음이 비현실적인 것으로 변한다. 나에게서 고통은 오랫동안 장밋빛으로 쓰였다. 나는 현실을 장밋빛 쪽으로 비틀어 놓고, 고통을 덜 겪기 위해 스스로를 무중력 상태에 두었다. 눈을 감아 고통을 보지 않음으로써 그것을 뛰어넘은 듯했고, 독자들 역시 같은 방식으로 상상할 수 없는 고통을 건너게 해주었을지도 모른다. 그러나 실제로 장례식에 참석했을 때 나는 견딜 수 없이 고통스러운 체험을 했다. 교회 문을 나서는 순간 울리던 종이 어떤 과학 실험이라도 하듯이 공기를 앗아가 질식에 이르게 하는 것만 같았다. 이제 나는 더 이상 고통을 피하고 싶지 않다. 그런 순간에 진정으로 함께할 수 있는 책을 쓰고, 그런 책을 읽고 싶다. 고통을 은폐하지 않고, 나를 배신하지 않으며, 조종弔鐘의 울림을 덮어버리지 않을 책들을.

*

내가 아는 허무의 사도들은 언제나 기만에 불과했다. 오늘날 우리에게 믿으라고 강요되는 것, 이 밤의 문학이 외쳐대는 것은 진리가 언제나 선보다 악에 가깝다는 것이다. 이런 믿음은 한 사람의 소멸을 뜻한다. 죽음보다 훨씬 더 깊은 소멸이다. 진리가 악의 편에 있다고 생각하는 사람은 시대정신이라는 안락의자에 깊숙이 몸을 묻고 거기서 빠져나올 생각조차 하지 않는다. 진부함보다 더 끔찍한 일이다. 그 자리에 앉은 사람은 다시는 보이지 않는다. 겉으로는 뽐내고, 빛나고, 성공할 수 있겠지만, 그 자신은 결코 다시 나타나지 않는다. 그는 그 순간 곧바로 '한 사람'이기를 그치는 것이다.

내가 어떤 잘못을 했다면, 그건 사랑에 대해 너무 모호하게 말한 탓이지 지나치게 말해서가 아니다. 나는 지성이 늘 사랑할 대상을 찾아 헤맨다고 믿는다. 그 사랑을 통해 스스로에게 별이 빛나는 하늘이 되고자 한다고 말이다.[*] 삶은 자신의 소멸을 기념하는 축제다. 눈[雪]은 다가와 곧 녹아버릴 수천 마디의 사랑의 말과 같고, 장미는 타오르다 이내 꺼져버릴 짧은 속삭임과 같다. 그리고 그 말들을 읽어내는 사람은 자신이 본 것을 다른 이들에게도 보게 하고 믿게 하려면 경이로울 만큼 정밀해야 한다.

*

---

[*] 칸트의 『실천이성비판』에 나오는 유명한 문장을 연상시키는 표현이다. "내 위의 별이 빛나는 하늘과 내 안의 도덕법칙." 다만 여기서는 그 하늘이 외부가 아니라 내면에 자리한다는 점에서, 칸트의 구도를 시적으로 전복하고 있다.

내 초기의 책들에서 글쓰기는 별들이 제빛과 함께 빨려 들어가는 블랙홀 같았다. 불안의 감정에서 비롯된 것이라, 불안이 클수록 이미지도 많아졌다. 그 모든 어둠은 어린아이의 보물처럼 반짝이고 비밀스러운 무언가의 주위를 맴돌았다. 그러나 어린아이의 보물이란 거의 언제나 슬픔이다. 나는 그 슬픔을 어떻게든 피하려 애썼고, 그래서 싸움이 있었다.

나는 보들레르를 좋아하지 않는다. 그의 미학적 위대함은 누구의 삶에도 양식이 된 적 없었고, 그의 식탁 위에서는 먹을 수 있는 빵 부스러기 하나조차 찾아볼 수 없었으며, 무엇보다도 그가 불행을 되씹는 이들의 우두머리이기 때문이다. 오늘날 그 무리는 너무도 많아졌다. 내 눈에 보들레르는 부정할 수 없는 아름다움과 재능에 오류가 섞여 있어 더 많은 이들을 길 잃게 만드는 작가들의 전형으로 보인다.

*

시오랑의 작품들은 훌륭하지만, 대개 그 진가를 인정받지 못한다. 그는 어떤 면에서는 가장 좋은 친구가 되어줄 수 있는 사람인데, 거의 강박에 가까울 정도로 모든 허상과 환상을 쫓기 때문이다. 때로 그는 모든 희망에 반대하여 말하는 것처럼 보인다. 하지만 실은 모든 값싼 도취를 몰아냄으로써 진정한 희망의 영역을 해방한다. 진정한 책이란 언제나 우리의 고독 속으로 들어오는 하나의 존재다. 시오랑은 은혜를 베푸는 자다. 그의 거짓 제자들이 말하듯 세상에 환멸을 느끼게 해서가 아니라, 그 어떤 거짓된 황홀도 남겨두지 않기 때문이다. 그는 작은 빗자루로 값싼 위로의 찌꺼기들을 쓸어내며 사막을 청소한다. 바로 그 작업 이후에야, 나에게는 진정한 말이 시작된다. 그는 겨울의 일을 한다. 마침내 마른 가지들을 잘라냄으로써 봄을 준비하는 것이다. 또한 그에게는 대부분의 철학자들에게 안타깝게도 결여되어 있는 '유머'라는 은총이 깃들어 있다. 그를 읽는다는 것은 특별한 여행을 준비하는 것과 같다. 그는 우리의 여행 가방을 채우는 대신 비워낸다. 가방을 열고 이렇게 말하는 것이다. "이건 쓸모없어, 이건 짐만 돼, 이건 필요하지 않아." 끝내 가방은 텅 비고, 비로소 여행은 진정으로 시작될 수 있다.

그가 허무주의자가 아니었다는 걸 분명히 보여주는 징표가 하나 있다. 그는 시골을 거니는 일을 사랑했다. 그의 얼굴을 보면, 다락방에서 억지로 끌려 나와 빛 속으로 떠밀린 불행하고 학대받은 올빼미가 떠오른다. 봐야만 하는 운명이 주어진 존재. 이렇게 말하는 건, 그가 불면이라는 근원적인 시련을 겪었음을 알고 있기 때문이다. 그에 대해 어떻게든 '환멸'을 말하고자 한다면, '건강한 환멸'이라고 해야 할 것이다. 있는 그대로를 보려는 그 의지보다 덜 허무주의적인 게 또 있을까. 그 반대는 베케트다. 그는 허무를 방 한가운데 심어놓는다. 베케트와 함께라면, 첫 문장부터 막이 내려앉고 모두가 어둠 속에 잠긴다. 그의 책 가운데 하나에서 그는 썩어가는 히아신스를 즐거이 묘사하는데, 내게는 하나의 허무주의적 행위처럼 보인다. 꽃 속에는 신적인 무언가가 깃들어 있기 때문이다. 내 부엌 식탁 위에는 정원에서 꺾은 장미 몇 송이가 올려져 있다. 그 주위로 수도원을 세워도 될 만큼 아름다운 그 장미들 앞에서는 십자가마저 잊히는 듯하다.

*

나는 이 삶을 가볍게 만들고 싶다. 거짓이 아니라 진실을 통해서. 타오르며 침묵하는 마음은 모든 형이상학을, 모든 계시의 책들을 삼켜버릴 수 있다. 사랑은 시간의 모든 계절을 끌어안아 하나로 모은다. 단 한 순간에, 상대방의 모든 황금을 모아 한 아름의 빛으로 묶는다.

삶은 단 한 번뿐이며, 살아가며 써 내려가는 것이다. 지워진 흔적들은 우리의 상처들이지만, 그 모든 것은 남는다. 어쩌면 세상을 떠날 때, 우리는 그 원고를 함께 가져가는지도 모른다. 그 안의 외설과 찬란함, 맞춤법의 오류와 불확실한 필체까지 모두. 아주 잘 쓰였다면, 그건 그야말로 찬미할 일이다! 때로는 지워진 흔적조차도 채색 삽화만큼이나 아름답다. 어떤 고통들은 예술 작품처럼 아름답다. 바흐가 악보를 쓰듯 살아가는 것, 그것이야말로 가장 이상적인 삶일지 모른다.

*

　성경의 심층, 인간의 마음의 토대와도 같은 그곳에는 한 사람과 하나의 광야가 있다. 그 사람은 익숙한 모든 유대에서 스스로를 끊어내고, 광야에서 자신보다 훨씬 더 큰 존재를 향해 목소리를 던진다. 그리고 그렇게 목소리를 던지는 가운데 그를 만난다. 이 예언자들은 아무것도 보이지 않는 하늘을 향해, 자신의 심장에서부터 목소리를 던졌다. 얼굴조차 보이지 않는 누군가에게 말을 걸기 위해 자신이 속한 곳을 떠나는 일은 광기이지만, 진정으로 글을 쓰는 사람이라면 누구나 바로 그 일을 한다.

　세상보다 더 아름다운 것이 마침내 도래하길 바라며 대화할 존재를 찾아 헤매던 이 절망적인 탐색, 그것이 랭보를 위대하게 만든다. 그의 작품이 중요한 또 다른 이유는, 그 안에서 그리스도와 마호메트가 나란히 선다는 점이다. 그러므로 그의 이슬람에 대한 강한 끌림을 단순히 자유에 대한 열망이나 이국적인 열정으로만 보는 건 잘못이다. 그의 글에는 불타는 떨기나무의 기운이 깃들어 있다. "나는 구원 속에서의 자유를 원한다." 이 한 문장을 설명하려면, 책의 가죽처럼 얼굴이 거칠게 마모된 수십 명의 옛 신학자들을 불러와야 할 것이다. 오늘날 우리에게는 구원 없는 자유만이 남아 있기 때문이다. 그러나 어쩌면 자유란, 그 단어에 어떤 의미를 부여하든 간에, 오직 구원 속에서만 존재하는 게 아닐까.

글쓰기는 언제나 누군가를 향한 발신이다. 오랫동안 신을 향해 있던 글쓰기는 이제 성性을 향하고 있다. 단지 우리의 머리가 굽어버렸기 때문인지도 모른다. 기묘하고도 불길하게 아래로, 곧 '그것'을 향해. 그런 것에 관해 쓰면서 사람들은 삶에 더 가까워졌다고 믿지만, 실은 비극적으로 멀어지고 있다. 서구 사회에서는 우리를 길 잃게 하려는 모든 길이 주어진다. 단 하나, 참된 길만은 우리에게서 빼앗아 갔다.

진정한 글쓰기는 누군가에게 마음이 움직일 때 시작된다. 우리 안에 있는 하늘이 이 땅 위에 유배된 작은 하늘의 조각들을 찾아 나서는 것이다. 그 유배는 참으로 고통스러운 것이기에, 우리 안의 하늘은 자신의 선택에서 결코 실수하지 않는다.

*

내가 사는 이곳은, 내가 태어난 곳에서 직선거리로 50미터쯤 될 것이다. 50년 동안 겨우 50미터를 이동한 셈이니, 내가 여행을 얼마나 좋아하는지 알 만하다. 나는 부르고뉴에서 태어나 지금도 이곳에 산다. 그러나 내 나라는 이 땅이 아니다. 내 나라는 아주 작다. 너비 21센티미터, 길이 29센티미터. 내 지역은 오직 백지 한 장, 그것뿐이다. 일 년 내내 눈으로 뒤덮여 있고, 때때로 잉크비가 내리는 아름다운 나라. 글쓰기를 통해서보다 더 멀리 가는 길은 없다. 그렇게 나는 끊임없이 르 크뢰조를 떠난

다. 이 도시에 살고 있지만, 어디서든 살 수 있으리라고
믿는다.

　풀잎 위에 내려앉은 나비들은 완벽한 정지 상태에 있
다. 그들의 양날개는 하나밖에 남지 않은듯 완전히 포개
져 있고, 그 부동의 상태가 마치 죽은 것처럼도 보인다.
그러나 손을 뻗으면, 그들은 다시 빛의 속도를 되찾는다.
나의 날개도 사유에 의해 접혀 있지만, 빛이 스치기만 해
도 나는 다시 움직이기 시작한다.

*

　내가 여행을 하지 않는 건 무엇보다 관광객이 되고 싶
지 않아서지만, 아마도 또 다른 이유는 바깥 세계가 언제
나 내게 지나치게 큰 영향을 끼쳤기 때문일 테다. 그래
서 나는 좀처럼 집 밖을 나서지 않는다. 도시에서 나는
위협과 불행을 느낀다. 반면 자연 한 가운데 있으면 가슴
이 터질 듯 벅차오르고, 달콤하면서도 감당하기 힘든 불
가해함에 사로잡힌다. 운 좋게도 내 방 창문은 두 그루의
나무를 마주하고 있다. 어제 아침, 나는 보리수나무 앞에
서 넋을 잃었다. 당장이라도 새순이 햇빛을 빨아들이는
소리를 들을 수 있을 것만 같았다! 그리고 오늘 아침에는
서로 나란히 곁에 앉아 있는 두 마리 멧비둘기를 보았다.
완벽한 한 쌍이었던 회색 비둘기들은 놀라운 일을 하고
있었다. 서로의 목덜미를 번갈아 가며 다듬어 주는 것이
었다. 한 마리가 가만히 있는 동안, 다른 한 마리가 작은

부리로 살에는 닿지 않게 깃털 속을 파고들었고, 이어 역할이 바뀌었다. 포옹과 털 고르기 사이 어딘가에 있는 그 행위는 눈부시게 아름다웠다. 나는 끝없이 그들을 바라보고만 있고 싶었다. 그러나 새들은 작은 시냇물처럼 떨리는 길을 공중에 그리며 날아갔다.

*

현실은 나로 하여금 백일몽을 꾸게 한다. 나는 회화 속에서 현실의 그 초자연적인 빛을 다시 발견하는 것이 좋다. 사람에게서도 마찬가지라서, '무언가를 본' 사람들이야말로 나를 사로잡는다. 그런 이유로, 예술에 그리 조예가 깊지 않은 나이지만, 피터르 더 호흐*의 그림을 좋아한다. 그의 그림 속에는 성스러운 빛, 곧 자연스럽고도 일상적인 빛이 스며 있다. 한 그림에는 조각이 새겨진 검고 육중한 찬장이 있는데, 한 무리의 아이들을 지루함으로 질식시킬 법한 그런 찬장이다. 그러나 그 문 너머에는 기적이 있다. 한낮의 햇살이, 내 새끼손가락보다 크지 않은 한 줄기 빛이 창을 통해 들어오고 그 앞에서 나는 구원, 출구에 대한 확신을 되찾으며 깊이 감동한다. 타일은 방금 막 닦아낸 듯 반짝이고, 아이는 눈부신 빛을 향해 서 있다. 너무도 아름다워서, 그 안에 내가 들어가 있는

* Pieter de Hooch(1629~1684) : 네덜란드 황금시대의 화가로, 국내 풍경·정원·실내를 배경으로 한 일상의 한 장면을 섬세하게 그린 작품들로 가장 잘 알려져 있다. 특히 문이 여러 겹으로 열리며 공간이 깊게 이어지는 구조, 빛이 방 안쪽으로 차분히 스며드는 표현은 그의 시그니처로 평가된다.

듯한 기분이다. 배경에는 언제나 열린 문이 있다. 복도와 문이 잇달아 늘어선, 내가 몹시 좋아하는 풍경이다. 하나의 복도가 또 다른 복도로 이어지는 모습은 가시적인 세계에서 끝없이 도약하며 이어지는 시선처럼 아름답다. 내 사유 역시 그런 식으로 이루어져 있다. 비스듬히 이어지는 시선들로.

*

르 크뢰조는 사람들의 상상 속 지도 위에 찍힌 일종의 검은 별이다. 나는 아직도 어떤 기자가 짓던 인색한 웃음을 기억한다. "재와 그을음으로 뒤덮인 그처럼 평범한 마을에서 어떻게 그런 글을 쓸 수 있죠?" 그러나 사람들은 보는 법을 모른다. 일상의 아름다움보다 더 큰 아름다움이 무엇인지 말해줄 수 있는 영리한 사람이 있다면 정말이지 만나보고 싶다. 신의 위대함을 찬미하기 위해 내게 웅장한 풍경은 필요하지 않다. 그 위대함이 겸허한 것들 속에 있다고 믿기 때문이다.

산책을 자주 하진 않지만, 나는 매번 어떤 간결한 장면에 사로잡혀 매혹된다. 포석 틈을 비집고 나온 잡초 한 포기, 그것이 나를 놀라게 하고 내 사유를 자라게 한다. 나의 눈은 바깥으로 나가 시선을 살찌운다. 그러나 사유는 집에 머무르며 오직 책 속에서만 세상 밖으로 나간다. 내 사유에 양분을 가져다주는 것은 내 눈이며, 사유는 아주 사소한 것들로 영양을 취한다. 낮은 담벼락 위의 이끼 한 줌, 포석 사이의 틈 같은 것들. 내게 기쁨을 주는 이 회색빛 황금 조각들의 공통된 특징은 가난과 삶 그 자체다. 나는 희미하게 불이 밝혀진 골목길과 빛바랜 집의 모습으로부터 깊은 우정을 느낀다. 온 무리의 데이지들이 자유롭게 뛰어노는 들판에서처럼, 우리가 서로에게 인사를 건네는 것만 같다. 다년초들이 심어진 작은 정원을 상상해 보라. 그 꽃들은 다이아몬드로 목덜미를 장식하지 않는다. 빛나 보이거나 환심을 사야 한다는 세속의 의무를 내려놓은 이보다 더 아름다운 것은 없다. 그게 바로 내가 북쪽을 사랑하는 이유다. 북쪽 지방은 독서하는 아이에게 더없이 잘 어울린다. 낮게 드리운 하늘과 누런빛의 햇살만큼 책 속에 파묻힌 아이에게 어울리는 것이 또 있을까. 내가 그림의 배경이나 끝없이 이어진 거리에서 느끼던 매혹이 북쪽 하늘에도 똑같이 존재한다. 삶이 지닌 가장 사랑스러운 모습. 화장기 없는 시골 소녀처럼, 그 아름다움은 결코 시들지 않는다. 부르주아 여성들의 아름다움은 시들 수 있지만, 그 소녀의 아름다움은 절대 꺾이지 않는다. 그것은 또한 심장이 너무나 빨리 뛰는 까닭에, 그 결과 필연적으로 커다란 부드러움에 이르게 되는 모습이기도 하다. 세상에는 그저 바라보는 것만으로도 영혼이 떨어져 나가는 듯한 슬픔을 안기는 장소들이 있다. 돈이 영혼을 죽여버린 곳들. 그러나 르 크뢰조는 그런 곳이 아니다.

*

열 살에서 열다섯 살 무렵, 나는 부모님과의 일요일 산책을 거의 늘 거절했다. 책을 읽거나 쇼팽을 듣고 싶어서였다. 그 관심은 오롯이 내 안에서 비롯된 것이었다. 절망스러울 만큼 아름다운 음악. 짙고 어두운 것 속에서 빛을 끌어내는 음악. 그 음악의 색이 내 피를 물들였다.

처음에는 <폴로네즈>였다. 나는 그 음악의 강렬한 첫 음들을 사랑했는데, 구슬 자루가 바닥에서 터져 계단을 굴러 떨어지는 것을 보고 들을 때처럼 즉각적으로 격렬한 쾌감을 나에게 안겨주었다. 쇼팽은 변형된 슬픔이고, 가을이며, 병실 옆방에서 들려오는 어린아이의 끊이지 않는 웃음소리다.

그다음은 포레의 <레퀴엠>이었다. 죽어가는 이의 방 안에서 일어나는 일들은 모차르트보다 포레의 <레퀴엠>에 훨씬 가깝다. 나는 이 음악을 점점 더 사랑한다. 삶의 경이로움에 점점 더 많은 가치를 부여하게 되었고, 산 자들이 겪는 상실이 얼마나 거대한지를 깨닫고 있기 때문이다. 포레의 <레퀴엠>에서 죽음은 죽어가는 이의 얼굴을 어루만지는 손처럼 다가온다. 그 부드러움이 칼날처럼 날카롭게 심장 속으로 파고든다. 불행은 모든 것을 굵고 기름진 크레용으로 덧그려 강조하는 화가다. 기쁨은 거의 보이지 않는 미세한 깃펜으로 그림을 그리지만, 불행은 어린아이의 통통한 손으로 굵은 검은색 크레용을 쥐고서 온몸을 기울여 눌러댄다.

그리고 바흐가 있다. 바흐는 장미다. 장미의 구조는 언제나 같지만, 그 아름다움에 언젠가 싫증을 느낄 수 있으리라곤 상상되지 않는다. 바흐의 음악은 어린아이가 어머니의 치맛자락을 맴돌듯 거대한 무언가를 중심으로 끊임없이 맴돈다. 결코 도달할 수 없는 중심을. 바흐는 너무나 위대하여 거의 인간의 경지를 벗어났지만, 그럼에도 불구하고 우리에게 가장 큰 위로를 준다. 그의 음악은 그 어떤 음악보다도 우리를 도와 평온케 한다. 바흐는 인간이 만물에 기울일 수 있는 주의의 정점에 이른 자다. 그의 음악은 모든 것에 세심히 귀 기울인다.

*

글쓰기는 내게 언제나 하나의 길이자 복원이었다. 나는 글을 쓰면서 무언가를 되살리고 있다는 느낌을 받는다. 내 할아버지의 삶은 노동에 의해 도둑맞았고, 외할머니의 삶은 병이 빼앗아 갔다. 실제로 외할머니는 아주 젊은 나이에 편집증으로 정신병원에 갇히셨다. 그러므로 나의 부모님보다 훨씬 이전에 누군가 이미 어떤 길을 시작했으나, 세상의 거짓 때문에 그 길은 계속 이어질 수 없었던 거다. 바로 그 길을 나는 다시 열고 싶다.

청년기에 글을 쓸 때면 내 책상 위에는 늘 할머니의 얼굴 사진이 있었다. 나의 첫 소책자인 『방들의 불』은 할머니가 계시던 디종 병원의 복사실에서 인쇄되었다. 글쓰기란 이런 식으로 파생되는 관계이다. 사람들은 우리에게 무언가를 받아적도록 불러준다. 이전 세대의 누군가가 내 손에 펜을 쥐여준 것이다. 죽은 이를 위로할 수 있을까? 나는 그렇다고 믿는다. 그중 하나가 글쓰기다. 누군가를 위로하기에 너무 늦은 때란 아마도 결코 없으리라.

*

누군가를 사랑한다는 건, 그를 읽는 일이다. 그 사람의 마음속에 있는 모든 문장을 읽어내고, 읽음으로써 그를 해방하는 일이다. 각자가 자기 자신조차 이해하지 못하는 낯선 언어로 쓰인 책인 것처럼, 양피지를 펼치듯 그의 마음을 펼쳐 큰 소리로 읽는 일이다. 한 사람의 얼굴에는 플레이아드 총서보다 더 많은 글이 쓰여 있다. 그리고 나는 얼굴을 볼 때마다, 페이지 하단의 각주까지 포함하여 그 모든 것을 읽으려 노력한다. 풍경의 세세한 부분이 마침내 환희 드러날 때까지, 나는 안개 속으로 들어가듯 얼굴 속으로 천천히 스며든다.

우리 자신의 행위들은 우리에게 여전히 해독 불가능한 채로 남는다. 아이들이 자신들의 어린 시절 이야기를 끝없이 되풀이해 듣고 싶어 하는 것도 그와 같은 이유일 테다. 그렇게 타인을 읽는다는 건, 그가 숨 쉴 수 있도록 돕는 일, 다시 말해 그를 존재하게 하는 일이다. 어쩌면 광인들이란 단 한 번도 누군가에게 읽히지 못한 사람들인지 모른다. 어떤 시선도 훑어본 적 없는 문장들을 품고 있느라 미쳐버린 사람들. 그들은 닫혀 있는 책과도 같다.

어머니는 아이가 스스로를 표현할 줄 알기도 전에 아이의 눈에서 모든 것을 읽는다. 갓난아이의 시선을 한 번이라도 받아본 사람이라면 알 것이다. 인간은 태어나자마자 이미 읽을 줄 안다는 것을. 심지어 갓난아이는 뛰어난 독자들처럼 상대의 얼굴을 탐독한다. 우리는 누군가를 한 권의 책처럼 읽는다. 그리고 그 책은 읽힘으로써 빛이 나고, 다시 우리를 비춰준다. 어떤 귀한 책의 매우 아름다운 한 페이지가 독자에게 그러하듯이 말이다. 읽히지 않은 책은 존재하지 않는 거나 다름없다. 서로 사랑하는 두 사람 사이에서 일어날 수 있는 가장 비극적인 일은, 둘 중 한 사람이 상대방을 전부 읽었다고 생각하고 멀어지는 것이다. 읽는다는 건 곧 쓰는 일이기도 하며(다만 매우 신비로운 방식으로 이루어진다), 상대방의 마음은 그때그때 쓰여지는 책과 같아서 그 문장들이 시간과 함께 풍요로워질 수 있기 때문이다. 마음은 죽음에 의해 산산이 부서질 때야 완성된다. 마지막 순간까지도 그 책의 내용은 달라질 수 있다. 상대가 살아 있는 한, 우리는 그를 완전히 읽을 수 없다. 오직 신만이 '읽기'에 모든 의미를 부여하는, 이상적인 독자일 것이다. 그러나 대부분의 경우, 우리는 타인을 피상적으로만 읽고 진정한 대화를 나누지 않는다. 어쩌면 우리 각자는 많은 창문이 달린 집과 같은 존재가 아닐까. 밖에서 부르면 한두 개의 창에만 불이 켜질 뿐, 나머지는 어둡게 남아 있는 그런 집. 하지만 가끔, 아주 예외적으로, 누군가가 모든 창을 두드리고 내 안의 모든 창이 환히 밝아지는 순간이 있다. 진실이 모든 곳을 비출 때, 그것이 바로 사랑이다.

이 모든 곳을 비출 때, 그것이 바로 사랑이다.

거룩한 문화

La sainte culture

내 독서는 동화로부터 시작되었고, 나는 그 세계에 흠뻑 매혹되었다. 타로에 그려진 얼굴들의 색채는 지금도 내 눈길을 사로잡는다. 나는 일부 문학이 모든 걸 담고 있는 동화의 완전한 빛을 흐려놓는 게 못마땅하다. 많은 작가들이 속임수를 쓴, 조작된 카드로 게임을 한다. 우리는 이 삶에서 누구와 함께할지를 잘못 판단할 수 있으며, 실제로 그런 일은 자주 일어난다. 그러나 정말 끔찍한 건, 그런 불가피한 실수들이 문학이 가진 무질서한 열정과 결합하여 반응할 때다. 그 순간에, 삶에서 저지른 실수들은 단단히 굳어져 끝내 넘어설 수 없는 것이 될 위험에 처한다. 나는 오늘날 대다수의 문학에 실망과 분노를 느낀다. 이는 나쁜 스승이나 아이들의 순진함을 악용하는 사람에게 느끼는 분노와 다르지 않다. 청년기에 나는 빛을 찾아 나섰고, 책의 숲에서 길을 잃었다. 그러다 나를 더욱더 헤매게 한 문학을 만나고 말았다. 젊었을 때 그러한 문학은 열정에 대한 찬양을 강화하고, 거기서부터 잘못이 시작된다. 사랑 속에서, 우리는 너무도 자주 우상숭배라는 어두운 신전 안에 머무른다.

*

　내가 사랑하는 문학은 현실을 뒤쫓는 밀렵꾼들에 의해 쓰인 것이다. 그들은 독자의 앞까지 경이로운 사냥감을 몰아넣는데, 그때 독자의 발치에서 자고새 또는 그보다 더 희귀한 새 한 마리가 돌연 날아오른다. 반면 다른 문학은, 다소 폭력적인 방식으로 독자들을 작가 자신에게로 몰아가는 이들에 의해 쓰인 것이다. 그런 방식이 통하면, 작가는 자기 자신의 동상이 되어버린다. 그런데 우리에게는 이 두 문학을 구분할 수단이 주어지지 않았다.

　문화적 질병이란 것이 존재하며, 이런 미분화 상태가 그중 하나이다. 그러나 이 병은 너무도 널리 퍼져 있어서 오히려 건강한 것처럼 보일 지경이다. 프루스트의 『잃어버린 시간을 찾아서』는 찬란하지만 무용하다. 나 또한 한동안 그 책에 심취하여 길을 잃은 적이 있다. 그 책과 정반대에 있는 작품은 도스토옙스키의 『백치』이다. 나는 도스토옙스키의 숭배자를 만난 적은 없지만, 그의 책에 의해 불타버린 사람들은 여럿 보았다. 프루스트가 자아에 대해 이야기할 때, 도스토옙스키는 영혼을 전쟁의 쟁점처럼 다룬다. 프루스트는 심미주의자이고, 도스토옙스키는 살아 있는 자다. 『백치』는 삶의 순수한 섬광이다. 불꽃에서 튀어 오르는 불티와도 같다. 불의 이 순수한 생生이 책 속으로 뛰어드는 불티를 내보내는 것이다. 그리하여 이 책은 산 것에 봉사하는 지극히 순수한 도구에 지나지 않게 된다. 반면 심미주의자란, 독자들의 감탄을 불러일으키기 위해 자신이 만든 가구가 아니라 대패나 톱 같은 자신의 작업 도구들을 내보이는 목수와도 같다. 얼마나 어리석은 일인가. 진정한 독자라면 프루스트의 작품에서 지독한 허기에 시달릴 것이다.

이상한 것은, 내가 그 본질적인 차이를 깨닫지 못한 채 한 독서에서 다른 독서로 건너갈 수 있었다는 점이다. 나는 열일곱 살에 『백치』를 읽었고, 서른 살에 『잃어버린 시간을 찾아서』를 읽었다. 그러니까 진리를 먼저 본 다음, 그것을 잃어버린 셈이다. 금을 발견하고서 값싼 잡동사니와 바꾸어 버리는 일은 생각보다 훨씬 흔하게 일어난다. 나는 모든 것을 맛보았고, 너무 많이 읽은 탓에 더는 맛을 볼 수 없게 되었다. 한 작가가 다른 작가를 끌어오면서 동시에 내쫓았다. 결국 모든 것을 좋다고 여기게 되었는데, 특히 시간이 신성시해 건드릴 수 없게 만든 것들이 그러했다. 도스토옙스키와 함께 강렬한 빛이 찾아왔지만, 나는 그 빛을 다른 수많은 책들의 그림자 밑에 묻어버렸다. 『잃어버린 시간을 찾아서』도 그 책들 가운데 하나였다. 이제 나는 모든 작가를 한 자리에 나란히 세우는 게으른 관용을 더는 원하지 않는다. 깨우는 이들과 길을 잃게 하는 이들을 똑같은 방식으로 사랑할 수는 없는 법이다. 문학의 두 거장, 도스토옙스키와 프루스트에 대해서만 이야기하더라도, 그들을 같은 목소리로 말하는 건 불가능해야 한다.

*

최악의 일은 진실된 말 옆에 거짓된 말을 두는 것이며, 이는 모든 책을 — 그것이 어떤 책이든 — 무차별적으로 무미건조하게 삼켜버리는 일이다. 나 역시 그 일을 겪어본 적이 있다. 아빌라의 성녀 데레사*와의 아주 비밀스러운 대화에서 곧장 프루스트의 지나치게 꾸민 문장들로 옮겨갈 수 있었던 거다. 그렇게 진실은 온갖 독들과 뒤섞여 버리고, 그런 상황에선 더는 아무것도 이해할 수 없다.

프루스트는 지옥 한가운데에 하얀 산사나무를 심는 기이한 묘기를 부려냈다. 그리고 그 때문에 그의 글은 견디기 어려워진다. 삶의 가장 맑은 것과 가장 혼탁한 것이 뒤섞인 그러한 광경은 오히려 더 큰 혼란을 불러일으키기 때문이다. 프루스트의 문장은 자신이 묘사하는 산사나무보다 더 아름답다고 믿는데, 바로 거기에 그의 결함이 있다. 나는 프루스트의 천재성을 문제 삼는 게 아니다. 단지 나쁜 천재들도 있음을 말하는 것이다. 게다가 일반적으로 받아들여지는 의견과는 달리, 천재성 그 자체가 만병통치약인 것은 아니다. 나쁜 목적을 위해 쓰인다면 더욱 그렇다. 악에도 위대함이 있으며, 악의 천재성 또한 존재한다.

그처럼 어떤 책들은 비판이 거의 불가능하다. 스무 살

---

* Teresa de Ávila(1515~1582): 스페인 출신의 가톨릭 신비가이자 수녀, 작가. 카르멜회를 개혁해 '맨발의 카르멜회'를 세웠으며, 『내적 성』, 『완덕의 길』 등으로 영성문학의 고전 작가로 평가된다. 1970년 교황 바오로 6세에 의해 여성으로서는 최초로 '교회학자'로 선포되었다.

에 나는 『밤의 끝으로의 여행』*을 읽었다. 솔직히 말하자면, 그 책은 나를 조금 놀라게 했다. 그렇지 않았다고 하면 거짓말일 것이다. 그러나 그 안에는 나를 불편하게 하는 무언가가 있었다. 바로 '어둠'이었다. 나는 셀린을 신처럼 떠받드는 한 사람을 알고 있었다. 그의 마음을 상하게 하지 않으면서 내 생각을 말하고자, 나는 이 책에서 내가 건져낼 수 있는 게 무엇인지 찾아보았고, 결국 이것뿐이었다. 한 남자가 — 비록 그는 파렴치한 자였지만 — 가진 돈을 모두 모아 본토에 있는 한 어린 소녀에게 보내주는 짧은 에피소드. 그것은 어떤 대가도 바라지 않는 선물이었다. 나는 셀린 숭배자에게 이렇게 말했다. "봐요, 나는 이 책에서 이걸 간직하겠어요." 그러자 그는 내가 그 책을 지나치게 감정적이고 왜곡된 방식으로 읽었다며 지적했는데, 가르치려 하면서 동시에 멸시가 뒤섞인, 지식인들에게서 흔히 볼 수 있는 그 말투가 내게 상처를 주었다. 그러한 대화에서 우리는 불과 1미터 거리에 있는 누군가에게 말을 건네지만, 정작 우리는 수 광년만큼 먼 곳으로 보내진다.

*

　　동화 다음으로 나에게 깊은 인상을 남긴 첫 번째 책은 『하를렘의 작은 영웅, 한스 브링커 이야기』였다. 한 마을

<hr>

* 프랑스 작가 루이-페르디낭 셀린(Louis-Ferdinand Céline)의 대표작으로, 전쟁·식민지·자본주의 사회를 배경으로 인간 존재의 부조리와 절망을 탐구한 소설이다.

위에 댐이 세워져 수 톤의 검은 물과 죽음을 가두고 있
다. 댐 아래를 거닐던 어린 한스는 문득 물방울 몇 개가
새어 나오는 미세한 틈을 발견한다. 그는 그 틈에 자신의
작은 손을 갖다 대고, 그 덕분에 온 마을을 구한다. 밤새
버틴 한스는 마을 사람들에 의해 우연히 발견된다. 만약
그가 그곳에 없었더라면 마을 전체는 죽음을 맞았을 것
이다. 모든 것이 죽지 않도록 막기 위해, 그가 가진 건 고
작 자신의 작은 손의 압력뿐이었다. 이 이야기는 어린아
이처럼 순수하면서도 거부할 수 없는 힘으로 내 정신에
새겨졌고, 이어서 억누를 수 없는 것을 막으려는 그 힘이
내 글쓰기 속으로 스며들었다. 점점 더 거세지는 압력에
맞서야 했던 어린 한스는 결국 온몸을 돌벽에 밀착한 채
버텨냈다. 나 역시 아주 오랜 시간 동안, 세상과 내 안에
서 동시에 솟구치는 위험하고도 치명적인 무언가를 억눌
러 막고 있었는지도 모른다. 이 싸움은 외적인 동시에 내
적인 싸움이다. 세상의 악한 힘들과 마음속의 해로운 힘
들 모두와 맞서야 하는 이중의 전쟁. 어쩌면 모든 전쟁의
진짜 쟁점은 '마음'일지도 모른다. 세상은 더 이상 어떤
마음도 존재하지 못하도록 싸우는 것만 같다. 작은 열매
하나, 미소 하나, 나뭇잎 하나라도 구해내는 일, 그것이
내가 글쓰기를 통해 하려 했던 일일 것이다. 결국은 세상
을 구하는 일 말이다.

*

선善이란, 본래 우리에게는 없는 것이다. 이 세상에 선을 위한 자리도 없다. 그러므로 선이 모습을 드러내는 순간은 언제나 하나의 기적이다. 선은 자신을 둘러싼 모든 감상적이고 진부한 생각들을 산산이 부수며, 또한 우리 시대의 수호성인인 마르셀 프루스트가 세운 거룩한 문화의 허위도 함께 깨뜨린다. 선이 우리에게 건네는 지성은 거칠지만 봄비처럼 쏟아져 우리를 적시고, 후광처럼 우리를 감싼다. 악은 언제나 예정되어 있는 반면, 선은 가장 큰 놀라움이다. 악은 무대의 중심을 차지하는, 내가 언제나 예상하는 가장 흔해 빠진 것이다. 그러나 선은 이 엉망진창의 연주회 속에서 금관악기와 현악기 사이를 헤매는 한 마리 새처럼, 매번 뜻밖에 모습을 드러내는 마음의 위대한 본성이다.

*

중심은 마음이다. 가장 연약하지만 동시에 꺾을 수 없는 것. 실제로 그리스도는 패배했고 앞으로도 언제나 패배하겠지만, 바로 그 약함 때문에 그분은 승리한다. 그리고 그 승리는 세상으로부터 온 것이 아니다.

우리는 모든 걸 그릇되게 사용할 수 있다. 진리조차도, 가장 순수한 것조차도 향유의 대상으로 삼을 수 있다. 소비한다는 건 곧 파괴하는 뜻이다. 심지어 우리는 그런 방식으로 하느님마저 소비할 수 있는데, 그 극단이 바로 하느님을 우상화하는 일, 곧 그분을 우리의 사소한 미적 쾌락을 위한 감상의 대상으로 만들어 버리는 것이다.

*

　지나친 진지함이란 납덩어리다. 누구도 내게 그것을 금이라 믿게 만들지는 못하리라. 신랄하고 잔혹하게 번뜩이는 정신은 지성의 정반대다. 악과 죽음을 사랑하고 명랑함의 반항적인 면을 찬미하는 정신이며, 자신의 문장을 요란하게 만드는 나쁜 방식이다. 그 안에는 대개 자기도취가 숨어 있다. 문학에는 언제나 이런 자리를 차지하는 교황 같은 이가 있었다. 일종의 장난감 인형, 가짜 자유전자 같은 존재. 문학의 장에서 그 자리는 필수적이어서, 언제나 누군가는 그 역할을 맡아왔다. 이런 '강한 정신'들이 가진 사유란 스튜 속의 골수 없는 뼛조각만큼이나 보잘것없다. 그러나 문학적 종교성에서 벗어나기만 한다면 얼마나 좋은 일인지! 의심스러운 것들과 억지로 이웃하지 않아도 되기에, 우리는 사랑하는 것을 더욱 진실하게 사랑할 수 있다. 나는 이런 문학을 경계하면서도 동시에 늘 귀를 기울인다. 진실은 숲에서 늑대가 돌연 나타나듯 어디서든 모습을 드러낼 수 있음을 알기 때문이다. 인간의 영혼에는 하프보다 십만 배는 더 많은 현이 있기에, 불가능해 보였던 것도 문득 실현될 수 있다.

*

루이-르네 데 포레와 사뮈엘 베케트는 같은 나무에서 자라지는 않았다 해도 적어도 같은 숲에서 나온 두 열매다. 끔찍한 건 그들의 재능이 절망의 항아리에 부어진 물과 같다는 점이다. 누군가 내게 어둠을 보여주는 것은 괜찮다. 다만 그것을 보여주는 이가 싸우는 자였으면 한다. 데 포레와 베케트는 어둠이 그들을 대신하여 말하도록 내버려둔다. 우리에게 이제 그만 단념하라고 권하는 음울한 사이렌들이다. 실제로 베케트는 그의 초기 작품 중 하나에서 썩어가는 히아신스를 단순히 묘사하는 데 그치지 않는다. 그의 모든 글쓰기는 그 히아신스를 중심에 두고 놓인 식탁보와도 같다. 가장 향기롭고 가장 섬세하고 가장 정교한 구조를 가진 대상을 골라 그 부패만을 찬미하는, 절대적인 부정의 행위인 것이다. 그리하여 결국, 온 하늘이 이 썩은 히아신스처럼 되어버린다. 홉킨스의 히아신스 묘사를 떠올리면, 우리는 두 가지 상반된 태도를 보게 된다. 하나는 우리를 아래로 끌어내리고, 다른 하나는 우리를 위로 끌어올린다.

데 포레와 베케트 두 사람 모두 뛰어난 재능을 지녔음은 분명하다. 그러나 삶이 얼마나 끔찍한지를 우리 모두가 알고 있음에도, 그들은 변호인이 모두 쫓겨난 법정에서 일방적으로 진술하는 검사들처럼 말한다. 그들의 글을 읽는 것은 힘겨운 시련이며, 때로는 그 시련이 결실을 볼 수도 있다. 그러나 한때 하늘의 언약이었던 이가 이제는 홀바인의 유명한 그림 속에서 썩어가는 시체로 남아 있듯, 세상의 비참함 또한 너무 완벽히 말해졌기에 더 이상 어떤 구원의 가능성도 품지 않는다. 순수는 파괴될 수 없는 것임에도 이런 책들은 그것이 세상에 홀로 남아 있다고 믿게 만들고, 순수함을 간직한 이들의 마음속에 절망을 불어넣는다. 데 포레와 베케트는 단어 하나하나로 우리의 용기를 갉아먹는다. 우리는 침울하면서도 이상하게 설득력 있는 부정의 세계 속에 놓인다. 마치 자신의 상처를 내보이며 동정을 구하는 거지들 앞에 선 것처럼. 자줏빛 어둠으로 물든 끔찍한 밤이 그들을 통해 말하며 우리를 설득한다. 다시는 새벽이 오지 않으리라고.

나는 데 포레의 작품에서 문체의 완벽함과 복구 불가능한 상실을, 그의 심장에 새겨진 끔찍한 부재의 낙인을 보았다. 죽은 아이의 무게를 느꼈지만, 그것은 자신의 제국을 확장하고 우리를 휩쓸어 가려는 어둠 속에서 느껴진 것이다.[*] 반대로, 미국 시인 에밀리 디킨슨의 마음은 오직 장미만이 존재할 수 있는 방식으로 온전히 거기에 있다. 그녀는 자주 고통을 겪지만, 마음은 결코 환멸 — 홀로 설 용기조차 없이, 모든 것이 무의미하다고 우리를 설득하며 불행 속으로 끌어들이려 하는 그 환멸 — 에 의해 더럽혀지지 않는다. 오늘날 이상하게도 사람들은 죽음이 주는 명료함 외에는 다른 명료함이 없다고 믿게 만들려 한다. 푸른 하늘을 긁어내어 끝내 검은 하늘을 발견하는 것이다. 다른 걸 찾으려 하면, 당신은 위안을 찾는다고 비난받는다. 그리고 이 환멸이 시대의 병적인 붕괴

* 실제로 루이-르네 데 포레의 딸 엘리자베스는 1965년에 사고로 사망했으며, 당시 그녀의 나이는 14살이었다. 이 사건은 그의 삶과 후기 저술에 깊은 영향을 미쳤다.

와 완벽하게 결합되어 있기 때문에, 모든 게 닫혀 있다. 홉킨스는 어둠을 알았고 그 어둠을 『고통의 소네트』에 담아냈을지라도, "나는 행복하다."라고 말하며 생을 마감했다. 모든 걸 잃은 순간에 그와 같은 말을 남긴다는 것, 그것이야말로 관대함 그 자체이다.

적어도 내가 사랑하는 이들에게는 늘 미래가 있다. 그들이 미래로부터 나에게 오는 것만 같다. 이는 책들에도 똑같이 적용된다. 나는 앙드레 도텔이 늘 미래에 대해 말해왔다고 생각한다. 그는 폐허 위에서도 끈질기게 돋아나는 것들만을 이야기했고, 가시덤불이나 깡통 조각 혹은 개양귀비의 반짝임에 이름을 붙일 줄 알았다. 모든 게 무너졌을 때도, 꺼지지 않는 빛을 지니고 있어서 우리에게 남는 것들. 우리는 이제 막 폐허에 다다랐기에, 도텔은 여전히 우리보다 한발 앞서 있다. 그의 책들이 지닌 선의善意는 앞으로 더 커질 것이다. 그런 아주 작은 것들이 품은 위로의 빛을 점점 더 필요로 하게 될 테니 말이다. 언젠가 이 땅 위에는 폐허만 남게 될 것이다. 앙드레 도텔의 시 속에 이미 담겨 있는 것들이. 융의 예언은 실현될 것이다. "저질러진 불의, 혹은 단지 생각 속에서 그려진 불의조차도, 언젠가는 우리의 영혼에 복수할 것이다. 우리가 어떤 참작할 사정이 있는지 없는지 따위는 아랑곳하지 않은 채."* 어쩌면 그때 우리는 마침내 유일하게 파괴될 수 없는 것, 신이라는 이름 말고는 어떤 다른 이

* 스위스의 심리학자 칼 구스타프 융의 저서 『심리학과 종교(Psychology and Religion, West and East)』에서 인용되었다.

름도 갖지 않는 것, 바로 '사랑'을 소중히 여기게 되리라.

*

나는 죽은 것을 죽여 산 것을 살리고 싶다. 세상이 어두워질수록, 빛은 더욱 절실해질 것이다. 거대한 소등자消燈者들의 행렬이 유년기를 가로지른다. 그들은 자신들의 생각, 의견, 확신, 물려받은 신념들을 촛불처럼 들고 엄숙하게 행진한다. 자신들이 빛을 비춘다고 믿지만, 실상은 자신들이 비춘다고 주장하는 모든 것을 꺼뜨리면서. 참된 사유는 즉각적으로 작용하며, 단지 생각으로만 머물지 않는다. 책을 읽거나 그림을 보거나 음악을 들을 때, 나는 반짝이는 모든 것이 아니라 진실된 모든 것을 훔치는 까치가 된다. 올바른 사유는 쉽게 전염된다. 어떤 아랍 시詩들 앞에서 나는 온몸이 굳어 그 자리에 못 박힌다. 그 시들이 실제로 내 핏속에 스며드는 것만 같다. 나를 가장 감동시키는 것은, 핏속을 도는 그 모든 힘이 한 다발의 장미처럼 심장에 모여드는 순간이다.

*

결정하는 것은 정신의 불이며, 그 불은 자신이 원하는 곳 어디든 지나간다. 불이 붙는 데 필요한 것은 그저 마른 장작, 즉 굳건한 마음뿐이다. 하기야 그리스도는 어떤 글도 쓰지 않았다. 세상의 빛은 세상으로부터 오는 것이 아니다. 푸른 하늘의 근원적인 단순함이나 너그러운 행동 혹은 신선한 말 한마디에 매혹된 순수한 마음들의 불붙음에서 온다. 이는 단지 글쓰기의 문제(성스러운 글이든 아니든)만은 아니며, 나는 심지어 어떤 문맹인들이 이 영역에서 근시안적인 학자들 무리보다 더 뛰어난 통찰력을 가질 수 있다고까지 말하고 싶다. 그중 몇몇을 언급해 보자. 이를테면 리지외의 성녀 데레사. 교회에서 최근 그녀에게 '교회학자' 칭호를 부여하는 것이 좋다고 판단했음에도 불구하고, 그녀가 한 말과 글은 언제나 단순하고 순수했다. 그러나 그 안에는 놀라우리만치 깊은 통찰이 스며 있어, 사실상 양귀비나 데이지만이 그 진정한 의미를 해독할 수 있을 정도다. 데레사의 하느님은 헝겊 인형보다 크지 않으며, 그녀의 입술로 믿을 수 없을 만큼 소박한 자장가를 불러올리게 했다. 알렉상드르 로마네즈*와 장-마리 케르비슈**, 두 집시 시인 또한 떠오른다. 그들은 지금껏 글쓰기라는 고귀한 지위를 부여받지 못했던 집시 민족 — 자신들에 대해 완전하면서도 빛나는 무지無知를 가진 이들 — 에게 목소리를 주었다. 장-마리 케르비슈에게는 자연을 이해하는 천부의 재능이 있다. 자신의 책 『소박한 날들』에서, 그는 형제애를 밀고 나아가 끝내 우리 집 안으로까지 들어온다. 그런 작가들은 많지 않다. 많은 작가들이 현관에 머무르며, 우리는 그들을 자신

*　Alexandre Romanès(1951~): 프랑스의 저명한 집시 서커스 단장이자 시인. 자신의 경험과 집시 문화를 담은 여러 시집을 출판했으며, 2016년 프랑스 문화부로부터 레지옹 도뇌르 훈장(Legion of Honour)을 받은 역사상 최초의 집시 남성이다.

**　Jean-Marie Kerwich(1952~2018) : 프랑스의 집시 출신 시인. 정착민이 아닌 유랑민의 시각에서 인간 존재와 신성, 가난과 자유를 노래했다.

바깥에서 읽는다. 너무 지쳐 내 계단조차 오르지 못하는 작가들이 대부분이다. 그러나 진정한 작가는 내 집에 들어와 내가 보지 못하게 가로막고 있던 것들을 책상에서 치워준다. 장-마리 케르비슈는 내 계단을 성큼성큼 올라온다. 그는 자신의 삶을 걸었고, 산불처럼 자신의 삶을 가로지른다. 이 사람의 특별한 점은, 살아 있는 모든 것이 그를 아프게 한다는 데 있다. 한편, 하느님이 자신에게 문을 열어주는 데 너무 오랜 시간이 걸린다고 여긴 알렉상드로 로마네즈는 은총의 문에 발을 밀어 넣었다. 내 방에서 불필요한 것들을 비워내 주는 이런 작가들을 나는 점점 더 사랑한다. 대부분의 작가들은 실내 장식가에 불과하며, 자신들 내면의 공허를 멋지게 채우기 위해 글을 쓴다.

내가 이처럼 한 마차 안에 한 성인과 집시들(그리고 마이스터 에크하르트[*] 같은 몇몇 다른 이들까지)을 함께 모으는 건, 이로 인해 내가 느끼는 기쁨 외에도 다른 깊은 이유가 있다. 실로, 삶은 광기다. 삶은 우리의 모든 계획과 계산, 확신과 의지를 제멋대로 거스른다. 삶은 어떤 논리에도 들어갈 수 없는데(모든 논리는 삶에게 감옥과 같다), 헤아릴 수 없는 마음의 논리만은 예외이다. 리지외의 성녀 데레사는 아는 것이 많지 않았고 집시들은 어떤 책도 펼치지 않지만, 그들의 마음속에는 야생적이고 순수한 한없이 아름다운 빛이 있다. 이 빛만이 예언자들

* Meister Eckhart(약 1260~1328) : 독일 도미니코회 수도자이자 신비주의 신학자. '영혼 안에서 신의 탄생'이란 사상으로 알려졌으며, 후기 독일 신비주의에 큰 영향을 끼쳤다.

의 말씀과 함께 세상이 지식의 밤 속에서 얼어붙는 걸 막을 수 있다. 마음은 우리의 모든 소유물에 관심이 없다. 가장 무지한 사람일지라도 자신의 얼굴과, 하나의 몸짓이나 한마디 말에 깃든 빛은 간직하고 있기 때문이다. 이제 막 칠해진 물감처럼 손끝에 닿으면 묻어날 만큼 생생한 빛이다.

*

내가 아르스의 성인 장-마리 비안네*에게서 경탄하는 건, 이름난 대학 학위가 문맹자에게 수여되듯이 은총이 볼품없는 이에게 내린다는 점이다. 내가 리지외의 성녀 데레사에게서 깊이 감동하는 건, 그녀가 어린아이의 천진무구함으로 자신의 삶과 마음 전부를 어쩌면 존재하지 않을지도 모르는 손에 단숨에 맡겨버린다는 점이다. 순수의 영웅인 그녀는 자신의 삶을 사방치기 놀이를 하듯 하늘에 던지고서 곧장 뛰어올랐다. 은총은 예기치 못한 사고처럼 그녀를 불시에 덮쳤고, 폐결핵이 그 천국을 지옥으로 바꾸었을 때조차 그녀는 반항하지 않았다. 하지만 그보다 앞서, 그녀는 석고로 만든 성모상의 미소로 치유되었다. 다소 진부한 취향의 성모상이었지만, 바로 그 미소 덕분에 죽음이 닫으려 하던 하늘의 문이 다시 열렸다. 그 압도적인 순수함, 아인슈타인의 천재성보다 훨

* Jean-Marie Vianney(1785~1859) : 가톨릭의 성인, 특히 고해성사와 목회 활동으로 유명한 인물이다. 그는 학식이 부족했음에도 탁월한 영성, 겸손한 삶, 그리고 은총의 전달자로 널리 알려졌고, 훗날 가톨릭 교회의 성인으로 시성되었다.

씬 더 큰 전율을 불러일으키는 순수함 앞에서 내 모든 서
재는 무너져 내린다. 그녀는 모든 걸 글자 그대로 받아
들여, 마침내 글자를 터트리고 불타오르게 한다. 그러면
가장 순수한 것만이 향기처럼 남는다. 순진함에는 한계
가 있지만, 천진함은 언제나 새롭다. 리지외의 데레사는
초월적인 어리석음을 지녔다. 인간의 어리석음이 대체
로 거칠고 탐욕스러운 반면, 미나리아재비와 하늘 그리
고 천사들을 믿는 그녀의 어리석음은 사랑스럽다. 그녀
를 사랑하는 것은 우리 안에 지성보다 더 위대한 무언가
가 있음을 인정하는 것이다.

*

진리는 토끼와 같아서, 잡으려면 귀를 붙들어야 한다.
청년기에는 진실의 겉모습에 쉽게 속아 넘어가곤 했다.
빛을 절박하게 찾았지만 내 귀는 아직 다듬어지지 않았
었기 때문이다. 그러나 지금은 누군가가 나를 속이고 있
는지, 아니면 믿기 어려운 진실 속에 있는지를 곧바로 알
아차린다. "아름다운 삶이란 숱한 고통을 겪은 삶이다."
어느 집시가 한 말이다. 얼마나 경이로운가. 금박을 새겨
넣은 가죽 장정으로 출판될 만한 문장이다. 이런 문장이
한 번 세상을 가로질러 퍼지고 나면, 더 이상 아무도 버
려지지 않는다. 삶에 짓눌렸던 이들마저 다시금 고귀한

존엄을 되찾게 된다. 그런 점에서 장 그로장*의 귀는 대체 불가능하다. 두려울 정도로 뛰어난 비평가인 그는 시계의 톱니바퀴를 하나하나 분해하면서도 바늘이 여전히 움직이게 하는 기적을 이뤄낸다. 그는 우리에게 그 메커니즘을 보여주지만, 오히려 시계의 째깍거림 소리는 그 어느 때보다 선명하게 들린다. 우리 앞에 남는 것은 분해된 부품들의 잡동사니가 아니다.

*

청년기에 나는 하나의 종파에 들어섰다. 문학이라는 이름의 종파, 그곳에서 작가들은 독자들을 길 잃게 만드는 힘을 나눠 갖는다. 나는 문학 속에서 세상으로부터의 위안과 피난처를 구했다. 과거에 교회가 제공했던, 성역聖域에서 보호받을 권리 같은 것을. 그러나 그 피난처는 오직 성경이나, 복음서에서 곧장 뻗어 나온 몇몇 작가들에게서만 구해야 했었다. 사실 내가 구했던 건 '질서'였으며, 모든 것이 제자리에 있을 때 세상은 비로소 질서를 이룬다. 예컨대 영국 예수회 신부 제라드 맨리 홉킨스**나 몇몇 다른 이들을 통해서, 우리는 비평가들 중 그나마 가

장 지적이라 할 수 있는 '시간'에게 인정받기만 하면 무엇이든 닥치는 대로 삼켜버리는 '문화적 무질서'에서 벗어난다. 발자크든 프루스트든, 그들을 단 한 번이라도 진정으로 마주하는 건 불가능하다. 문화의 끔찍한 점은 모든 걸 흡수해 서로 아무런 관련도 없는 이름들을 죄다 평평하게 만들어 버린다는 것이다. 손에 닿기만 하면 썩은 과일조차 황금으로 변해버리는, 미다스 왕의 이야기처럼.

*

문학으로부터 내게 남은 건 미시킨 공작의 광기다. 그는 간질 환자이자 백치이지만, 자신의 맹목보다 더 커다란 빛과 힘을 지닌 인물이다. 설령 패배하더라도 그는 이긴다, 이기고 또 이긴다. 반면 스완은 점점 더 좁아지는 삶 속에서 미궁처럼 헤맨다. 『잃어버린 시간을 찾아서』의 깊은 곳에는 한 방울의 허무가 있고, 그 한 방울이 모든 것을 물들인다. 프루스트는 인간의 사랑과 그 질투가 지닌 극단적인 어두움만을 보여줌으로써, 어떤 빛도 새어 나오지 않는 끔찍한 환멸에 이른다. 스완이 자기 취향조차 아닌 여인에게 생을 바쳤듯, 나 역시도 내 취향이 아닌 작가들을 읽느라 수년을 보냈다. 그러나 비록 한동안 길을 잃었을지라도, 내 근본은 그대로였다. 나는 여전히 순수한 사유와 한 송이 데이지 사이에서 어떤 차이도 보지 못한다. 신학 교리들과 철학 체계들에 대한 반감도 여전하다. 세상을 설명하려 드는 것은 장미를 망치로 두

드려 꽃병에 억지로 꽂으려는 것과 같다. 무언가를 설명하고자 할 때, 우리의 생각은 자신도 모르는 사이에 굳어버린다. 나는 설명을 듣기보다 차라리 눈으로 듣는 편을 더 좋아한다. 근본적으로 나는 세련된 취향과 멋을 부린 지식인들, 그리고 그들이 세상의 몫을 나눠 가지는 방식을 싫어하는 사람인 듯하다. 내가 대화에서 기대하는 것은 언제나 숨결이다. 나는 철학 구술시험에서 늘 형편없었다. 한 천사가 나를 보호하고 영감을 준 것이다. 그건 지식에 기대어 말하는 것에 대한 본능적인 거부감이었다. 나는 언제나 하나의 '현존'을 기다린다. 나의 현존과 상대의 현존을.

　지식인들에게서 견디기 힘든 점은 그들의 지나친 진지함이다. 우리는 이 삶에 대해서도 다른 삶에 대해서도 아는 것이 없는데, 그렇다면 그들은 도대체 어떤 재주로 그토록 자만에 이르는 걸까? 그들은 자신들의 의견으로 마치 우유를 상하게 하듯 진리를 변질시킨다. 내 경우에 가장 놀라웠던 대화들은 언제나 아이 옆에 무릎을 꿇고 앉아 눈높이를 맞췄을 때 이루어졌다. 게다가 만약 작가들에게 자신의 이름을 책 표지에 넣는 것을 금지한다면, 그들 대다수는 단 한 줄도 쓰지 않았을 것이다. 삶이 커가는 모습을 보여주는 책은 매우 드물다. 대부분의 경우, 커가는 건 작가의 이름뿐이다.

*

가장 위대한 작가의 이름을 우리는 알지 못한다. 그는 <맑은 샘터에서^{À la claire fontaine}> 또는 <사랑스러운 개양귀비^{Gentil Coquelicot}> 같은 노래를 지은 이다. 내가 작가에게 기대하는 건 부모에게서 받았던 것과 다르지 않다. 나를 위로하고, 밝히고, 성장하게 하여 마침내 그들로부터 떠날 수 있도록 돕는 것이다. 옛 프랑스 노래들은 내게 헤아릴 수 없이 많은 걸 안겨주었다. 이를테면 "Il y a longtemps que je t'aime, jamais je ne t'oublierai(나는 오래도록 너를 사랑했네, 결코 너를 잊지 않으리)"라는 구절. 나는 이보다 더 아름다운 약속을 알지 못한다. 이런 노래들은 신기하게도 내게 두 번의 선물을 주었다. 처음에는 아주 단순한 선율들이 잠들려는 아이의 곁으로 다가와 추위에 떨지 않도록 영혼을 하얀 리넨 이불로 덮어주었고, 나중에는 어른이 된 내 삶 속으로 다시 찾아와 아름다움과 결합된 의식의 불씨를 지펴주었다. 내가 문학이나 시에서 찾아 헤매던 것이 몇 줄의 짧은 노랫말 속에서 불현듯 내게 주어졌던 거다. 곧 언어의 완벽한 상태, 마음에서 솟아나 그 근원에 가장 가까이 머무는 이미지들 — 어떤 작가라도 질투하지 않을 수 없는, 바로 그것이었다. 말^語들이 자신을 낳고 적셔주는 근원에 가장 가까이 머물러 있는 건, 그 밑바탕에 '위대한 작품을 만들겠다'는 야심이 없기 때문이다. 공증인의 목록이나 결혼 증명서 혹은 사망 증명서만큼 감동적이고 숭고한 말들. 그 노래들 속에는 늘 조금씩 더해져 가는 빛이 있기에, 세월이 흘러도 아름다움은 바래지 않는다. 이 예술가 없는 예술 앞에서 나는 길을 잃은 듯하면서도 행복하다. 이미 사라져 버린, 고통스럽고 헐벗은 삶의 맥박을 손으로 만져보는 것만 같다. 예술에는 언제나 금전적 가치가 매겨져 왔지만 그런 노래들은 공증서 위에 놓인 작은 양철잔이나 소박하고 아름다운 필체로 쓰인 혼인 증서와 마찬가지로, 문화 시장에서는 거의 아무런 가치도 지니지 않는다. 하지만 내게는, 눈물과 기쁨의 가장자리로 나를 데려가 위로해 주는 절대적인 가치를 지니고 있다……

열 살이었을 때, 나는 빗자루로 제비 한 마리를 죽인 적이 있다. 그 죄는 내게 깊은 흔적을 남겼고, 내 첫 번째 발표작인 『방들의 불』 속에 그 제비에 대한 암시가 들어 있음을 나중에야 알아차렸다. 일격을 당했음에도 불구하고, 제비는 내게 두 개의 아름다운 이미지를 남겼다. 제비는 내가 놓이게 한 어둠에서 벗어나기 위해 오랫동안 몸부림쳤고, 죽으면서 내게 작은 그림자를 물려준 것이다. 그런데 『백치』에는 내가 생명을 앗아간 그 제비를 되살릴 무언가가 있다. 도스토옙스키의 그 책 속에서 제비는 다시 날개를 퍼덕일 기회를 얻는다. 그곳이야말로 다시 살아날 수 있는 진정한 장소다. 우리는 자신이 저지른 악행에 대해 용서받기보다 위로받기를 바란다. 그래야 비로소 다시 나아갈 수 있으므로.

쓰여진 빛

La lumière écrite

내게 진정한 문학은 한밤에 시골의 둔덕길 위에서 얼핏 보이는 마을처럼 모습을 드러낸다. 몇몇 집들에 불이 켜져 있어, 멀리서 반짝이는 불빛들이 보이는 마을. 그 집들에는 아르망 로뱅, 프랜시스 톰슨, 에밀리 디킨슨, 장 그로장, 앙드레 도텔, 제라드 맨리 홉킨스, 도미니크 파니에, 장 폴랭, 자크 레다가 살고 있다. 모두 같은 밤 속에 있지만, 그들의 유대는 하늘의 별들처럼 비밀스럽고 아름답다. 서로를 반드시 아는 것은 아닐지라도, 그들은 같은 땅에 속해 있다. 같은 무언가를 지키며 밤을 지새우고 있는 것이다. 무시무시하게 넘쳐나는 책들 가운데, 내가 눈여겨보는 건 바로 그런 불빛들이다. 나에게 대립은 바로 여기서 발생한다. 불이 꺼진 집들에는 길을 잃게 하는 자들이 살고 있다.

나는 기꺼이 앙드레 도텔의 집 문을 두드릴 것이다. 비록 그는 이미 세상을 떠났지만, 살아 있는 작가들 대부분보다 여전히 훨씬 더 동시대적이다. 내 삶의 큰 부분은 그의 두 문장으로 둘러싸여 있다. "그는 절망적인 해결책, 즉 정상적인 삶의 방식을 받아들이기에는 준비가 되지 않았다고 느꼈다." "빛나는 존재를 발견하게 되면, 그것이 단순한 사랑이나 꿈과 아무런 관계가 없을지라도, 더 이상 예전처럼 살아갈 수 없다." 이와 같은 결을 지닌 문장들, 개암나뭇잎의 잎맥처럼 섬세한 문장들은 장 그로장에게서도 발견된다. 그는 보다 신속히 순수한 사유로 향하지만, 그 안에는 오랜 시간을 명상해 온 사람의 숨결이 느껴진다. 자신의 사유를 떠받치는 복잡한 골조들은 걷어내고, 그 정수만을 우리에게 내어주는 자애를 지닌 존재. 그들은 상상이 아닌 현실로 우리를 매혹하는 마법사들이다. 구원의 환상을 벗어던지고도 초월을 잃지 않는 용기를 지녔으며, 삶의 경이로운 부분에 여전히 찬미를 바친다. 이 작가들 각자는 저마다의 방식으로 사랑의 꿈에 사로잡혀 있다. 결국 그것만이 사유를 끝없이 되살리고 북돋는 유일한 원천이다.

내가 언급한 이 모든 작가들은 하나의 선善에 몰두한다. 금을 찾는 광부들처럼 각자의 강가에서 체를 들고 금빛 조각을 찾는다. 그들의 일은 언제나 가난을 보장하지만, 그렇기에 더욱 값지다. 그들은 '무용한 일꾼들'이다. 장 폴랭이 옛 풍습에 관심을 기울이는 듯 보일 때조차, 그가 찾는 것은 같은 금의 파편이다.

앙드레 도텔을 읽을 때, 나는 단순히 읽는 것이 아니다. 나는 '일한다'. 작은 자를 들고서 이야기를 읽고 또 읽으며 첫 독서에서 놓쳤던 경이들을 찾아낸다. 숲속에서 버섯을 발견할 때처럼, 황홀한 그 문장들에 밑줄을 긋는다. 그야말로 진정한 체험이다. 그의 말 속 어딘가에 우리의 이름이 숨겨져 있는 듯하다. 때로는 책 속에서 장미가 피어나는 놀라운 일이 일어나기도 한다. "어느 날이에요. 그녀가 말했다. 나는 사막에서 문이 쾅 닫히는 소리를 들었어요." 이 문장을 썼다는 건, 미래의 모든 컴퓨터를 탄생시킬 수 있는 도식을 발견한 것보다 더욱 강렬하고 경이로운 일이다.

*

장 그로장의 깊이는 나를 압도한다. 아벨라르의 학식을 지닌 랭보 같다고 할까. 한 사람이 이 두 차원을 동시에 지닐 수 있다니, 벅차고도 황홀하다. 그의 어떤 문장들 앞에서는 누군가가 장터 축제에서 모든 과녁을 다 맞춰 쓰러뜨릴 때처럼 박수가 절로 나온다. 왜 이것이 모든 이에게 자명하지 않을까? 사람들이 점점 더 길을 잃고 있기 때문이 아닐까. 그러나 이 드문 가치를 안타까워할 필요는 없다. 오히려 그 반대인지도 모른다. 위대한 작가나 화가는 영광의 절정에 있을 때야말로 가장 이해받기 어려운 법이다. 유행이 된다는 것은 작가에게 닥칠 수 있는 최악의 일이고, 그 점에 대해서는 나 역시 잘 알고 있다.

앙드레 도텔은 자신의 책 곳곳에 경이로움을 숨겨둔다. 부활절 아침에 초콜릿 달걀을 정원 곳곳에 숨기듯이. 오랫동안 찾아 헤매야 할 때도 있지만, 마침내 발견했을 때의 그 기쁨은 이루 말할 수 없다. 도텔은 세상의 모든 학문을 지녔음에도 염소 치는 목자가 되고자 했던, 스스로 가장 단순한 이를 자처한 가장 지적인 사람이다. 그의 글은 반딧불 같다. 도랑 속에 있을 때는 빛나지만 손에 잡아 보여주려 하면 더는 아무것도 없듯이, 그에 대해 말하려 들면 나는 할 말을 찾을 수 없다. 분명한 건, 내가 그를 대부분의 '위대한 작가들'보다 더 좋아한다는 사실이다. 다른 이들이 베케트나 조이스의 이름을 내세울 때, 내가 꺼내는 이름은 도텔이나 그로장이다. 가장 영광스러운 이름들은 아니지만, 그렇기에 내게는 더 큰 기쁨이 된다.

*

오늘날 우리에게는 방향이 필요하다. 모든 것이 가능해져 버린 시대에 어떻게 방향을 알 수 있을까? 북쪽은 북쪽이고 남쪽은 남쪽임을 다시 일깨워야 한다. 많은 이들에게 부족한 건 자신의 본능, 다시 말해 즉각적으로 아는 걸 붙잡는 아주 단순한 감각이다. 이는 마음에 기대어 보아야 할 것을 더 잘 가늠하는 일이다. 시골 언덕에 있는 전망 안내판에 기대어 지평선을 손님처럼 여기며 말을 걸듯이, 마음이라는 지지대 위에 기대어 보는 것이다.

한쪽에는 너무도 어리석은 '악'이 있다. 그것은 세상 속에서 자기 자리를 차지하고 오직 자기만을 생각하려는 오래되고 자연스러운 본능이기에 이해할 수 있다. 그러나 다른 한쪽에는 도저히 이해할 수 없는 '자기희생'이 있다. 그러니 사람들이 더 쉬운 쪽으로 가는 것도 이해할 만하다.

*

사랑하는 시인들에 대한 사랑은, 살아 있는 사람들을 향한 사랑과 크게 다르지 않다. 어느 순간 한 편의 시, 혹은 한 얼굴이 우리 가슴 속 붉은 점토로 빚은 작은 항아리를 가득 채우는 것이다. 요즘 나는 에밀리 디킨슨과 아주 가까이 있는 느낌이다. 내가 아는 가장 아름다운 여인들 중 한 사람인 그녀는 아주 작은 울새의 흉곽에 담긴 공기처럼 부정할 수 없는 힘을 지녔다. 누구의 생명도 해치지 않는 야망을 품은 시인. 에밀리 디킨슨은 질주하는 말보다 더 빠르게 하늘로 향하지만, 그 놀라운 속도에도 불구하고 현실의 세부 하나도 놓치지 않는다. 그녀에게는 대천사와 미나리아재비의 면모가 모두 있고, 그런 그녀로부터 내게 오는 것들은 스위치를 눌렀을 때 켜지는 불빛보다 더 빠르게 도달한다. 바흐처럼 믿을 수 없을 만큼 유연하면서도 부인할 수 없는 권위를 지닌 존재. 그녀와 나 사이에는 두 가지 공통점이 있는데, 별다른 사건이 없는 삶(내가 죽을 때 손을 펴보면, 거기에는 몇 안 되는 사건들만이 놓여 있을 것이다), 그리고 아이들과의 깊은 친밀함이다.

*

랭보는 마치 강도 같다. 그는 하늘을 상대로 한탕을

벌인다. 어떤 것도 그에게는 결코 충분하지 않았고, 부富조차 그를 만족시키지 못했다. 그에게 중요한 건 오직 '금'뿐이었다. 먼저는 정신적인 금, 그다음에는 물질적인 금. 그는 주먹 한 방에 유리창을 산산이 깨뜨려 그 너머에 있던 가장 아름다운 보석들을 쓸어 담은 뒤, 조금 떨어진 곳에 내던져 버린다. 나눔이라는 생각조차 해본 적 없는 불량배의 가혹한 무심함을 지닌 그는 다이아몬드조차 고철 조각처럼 내던진다. 랭보 안에는 환멸을 불러일으키는 하나의 거대한 원리가 있다. 그의 조급함이 그가 발견할 수 있는 모든 걸 무가치하게 만드는 것이다. 결코 만족하지 못하고, 언제나 '이것이 아니다'라고 느낀다. 개들이 죽음을 향해 울부짖듯, 랭보는 삶을 향해 울부짖었다. 그러한 젊은이의 재능과 조급함을 감당할 수 있는 건 오직 신뿐이다. 다른 이들은 실수를 거듭할 시간이 있었지만, 그에게는 그렇지 않았던 듯하다. 역에 막 도착하자마자 기차에 오르기도 전에 이미 목적지에 닿고 싶어 하는 사람, 그가 바로 랭보다. 그의 오만과 욕망은 그가 발견한 가장 찬란한 보석들을 압도한다. 그가 그토록 위대한 이유가 바로 여기에 있다. 지식인들은 항상 어떤 책도 삶을 바꿀 수는 없다는 듯 행동하지만, 랭보의 경우는 다르다. 심장이 태양과 일직선으로 놓일 때, 그 순간이야말로 가장 아름답다. 그 순간, 통제를 넘어서는 무언가가 일어난다. 자기 자신으로부터 해방되었기에, 더 이상 무엇에도 얽힐 필요가 없어진다. 그러나 그건 차가운 무심함의 상태는 아니다. 그의 존재 방식은 불가해하면서 동시에 경이롭다. 문학에서 그와 같은 예를 한 번도 본 적이 없다. 나는 평범한 과수원의 사과나무다. 그러나 옆 들밭에는 황금 사과를 맺는 나무가 있다. 랭보가 바로 그 황금 사과나무다.

*

도텔과 랭보를 함께 놓고 생각해 보는 일, 그들을 나란히 앉혀놓고 이해하려 애써보는 일은 흥미롭다. 그들에게 중요한 건 문학 그 자체가 아니다. 그러나 바로 그렇기 때문에 그들의 문학은 가장 아름다운 문학이 된다. 두 사람 모두 처음에 찾으려 했던 것과는 전혀 다른 어떤 것을 발견한다. 그들은 닿을 수 없는 한 마리 새를 겨냥하고, 누구도 예상치 못한 다른 사냥감을 맞힌다. 누군가가 이 도달할 수 없는 새를 겨냥한다는 사실이 나는 좋다. 문학 그 자체만을 목표로 삼는다면, 그보다 못한 무언가에 도달하게 된다. 책만을 만드는 이들은 사실상 책조차 만들지 못한다. 성공적으로 팔릴 수는 있겠지만, 아무것도 아니다. 오직 미학, 아름다움, 완벽함만을 추구하는 작가는 결국 그 미학, 그 아름다움, 그 완벽함 아래로 추락하게 된다. 도텔 역시 전설 속 보물을 손에 넣었다. 하지만 그는 랭보와는 달리 자신이 발견한 것을 곧바로 짚단만큼 두꺼운 책 속에 고이 넣어두어, 다른 이들이 함께 누릴 수 있도록 했다. 그가 반쯤 감긴 눈으로도 같은 빛을 보았다는 사실이 나를 기쁘게 한다.

13세기 수피즘의 위대한 스승인 잘랄루딘 루미는 아마도 나에게 시인 중의 시인일 것이다. 그의 시를 읽을 때는 단 한 순간도 '시'를 읽고 있다는 생각이 들지 않기 때문이다. 그는 내가 아는 가장 아름다운 여인보다 더 매력적이다. 그의 시를 읽는다는 이유만으로도 나는 잡혀가야 할 지경이다. 세상에 대해 냉소적인 감정이 생기니 말이다. 앎은 루미의 마음속에 잠겨 있고, 그 앎이 루미의 마음을 중심을 잃지 않은 채 끊임없이 회전하게 만든다. 마이스터 에크하르트가 말로만 전한 것을, 그는 실제로 행한다. 그의 마음이 채소라면, 채소의 물기를 털어낼 때 튀어 오르는 물방울들이 바로 그의 시다. 루미는 자신이 신의 근원이기라도 한 듯 순간에 깊이 사로잡혀 있다. 다이아몬드 이슬을 흩뿌리며 폭발하는 별처럼, 루미 안에는 혼돈과 폭탄 같은 숨결, 모든 것을 무너뜨리는 거대한 파괴와 산산이 흩어지는 분열, 그리고 절대적인 하나됨이 동시에 존재한다. 모든 것이 산산이 흩어지는 가운데서도 이 하나됨을 부정할 수 없게 만드는 것은, 다름 아닌 도취 혹은 기쁨이다. 루미를 읽는다는 건, 그의 글이라는 불꽃에 실려 공중으로 내던져지는 일이다. 장미가 향기를 통해 스스로를 드러내듯, 그의 문장도 그 자체에서 뿜어져 나온 힘으로 모습을 드러낸다. 모든 것이 뒤섞이면서도 동시에 제자리를 찾는다. 장미의 심장 속 혹은 태풍의 눈 속에서처럼. 그는 진정으로 논리의 하늘을 통과해 버린 듯하다. 내가 그의 사유에서 사랑하는 것은 그의 움직임이다. 벌들이 벌집과 몇 킬로미터 떨어진 초원 사이를 오가듯, 그의 사유는 쉼 없이 왕복한다. 본질적으로 벌집은 수도원과 다소 비슷하다. 작디작은 방들로 이루어져 있는 그 수도원 위로 수녀를 닮은 벌들의 윙윙거림이 기도 소리처럼 울려 퍼진다. 벌집 앞에는 수천의 황홀경이 펼쳐지는데, 이는 도취된 춤과 같다. 벌들에 대해서 말하자면, 그들은 수피 무용수와 같으며, 우리는 또한 그들을 위대한 신비주의자로 생각할 수도 있다.

*

철학에 관한 내 생각은 달라지지 않았다. 하지만 거기에 내가 사랑하는 시인들이 일하는 그 거대한 벌집이 존재한다. 그들은 빛을 꿀로 바꾼다. 그리고 그 안에는 루미라는 한 마리 벌이 있다. 꽃가루와 수액으로 배를 가득 채운 그는 향기의 길을 찾아내고서, 다시 돌아와 춤을 추며 그 길을 알려준다. 나는 루미처럼 수천 송이의 꽃으로 가득한 풀밭을 발견하지는 못했다. 다만 나는 그 벌을 바라본다. 다른 벌들도 그곳을 찾을 수 있도록 알려주기 위해 벌집으로 되돌아오는 그 친절한 벌을. 그 옆에서 다른 벌들은 왜소해 보인다. 그들은 내 마음속 작은 화약통에 그처럼 불을 붙이지는 못한다. 그럼에도 그들 역시 진실한 일을 하는데, 그 벌들 가운데 하나가 바로 에밀리 디킨슨이다. 그녀는 자신의 벌집 방에서 자기만의 찬란한 작은 일을 해낸다. 지식인들에게는 한가로운 구석이 있지만, 진정한 문학을 하는 이들은 제빵사나 목수와 똑같은 방식으로 일한다. 그것이야말로 벌집 속의 진짜 일꾼들과 로트레아몽* 같은 가짜 수벌들을 구별하게 해준다.

*

나는 사람들 앞에서 고집을 꺾어본 적이 거의 없는 고집불통이었다. 네 살이었을 때, 할아버지와 부모님 사이에 다툼이 있었다. 나는 직접 나서야겠다고 마음먹고는 불쑥 이렇게 말했다. "내가 가서 할아버지를 불 속에 밀어 넣을 거야." 실제로 그렇게 하려고 일어서는 나를 부모님이 나서서 말려야 했다. 그처럼 나는 분노를 안고 태어났다. 세상의 관습을 견딜 수 없었고, 내 거부를 분명히 드러내는 데 주저함이 없었다. 언젠가 한 번은 식사가 시작되자마자 신발을 벗어, 연극처럼 과장된 몸짓으로 김이 모락모락 나는 수프 그릇 속에 떨어뜨려 버린 적도 있었다. 오늘날 불 속에 밀어 넣고 싶은 것은 바로 이 세상의 병든 심장이다. 내 책들이 받아들여졌을 때 나는 더 이상 싸울 일이 없으리라 믿었지만, 실은 정반대였다. 영적인 전쟁은 그때부터 시작되었다.

친절은 말에게 재갈을 물리듯 통제하면서 그 힘을 그

* Comte de Lautréamont(1846~1870) : 로트레아몽은 이시도로 뒬라의 필명이며, 『말도로르의 노래』의 저자다. 생전에는 거의 알려지지 않았으나 초현실주의자들에 의해 재발견되었고, 실제 백작이 아니며 24세에 요절했다.

대로 두는 것이라 하더라도 분명 아름다운 일이다. 그러나 아직 '마음'은 아니다. 대상을 고유한 존재로 만드는 건 오직 사랑뿐이다. 마음 안에는 숫자가 없다. 언제나 하나, 그리고 하나, 그리고 하나일 뿐이다. 만약 신이 존재한다면, 그는 분명 셈하는 법을 모를 것이다. 오늘날 우리가 물질주의에 빠져들면서, 이제 세상엔 숫자밖에 남지 않았다. 현대 사회는 시속 300킬로미터로 달리며 선택하라고 요구한다. 어떻게 실수하지 않을 수 있겠는가? 전형적인 오류가 바로 정보기술이다. 전자 기술은 보이지 않는 것을 깨우는 끔찍한 방식이다. 사진도 마찬가지다. '영혼의 도둑질'이라는 표현은 결코 과장이 아니다. 우리는 눈에 보이지 않는 것과 매우 왜곡되고 거의 고문에 가까운 관계를 맺기 시작했다. 나는 세상의 죽어 있는 부분을 알고 있다. 그것이 내 안에도 존재하기 때문이다. 세상에 대해 말할 때, 우리는 동시에 자기 안에 있는 어떤 것에 대해 말하는 것이기도 하다. 신화들은 언제나 나를 지루하게 했지만, 그중 이 시대를 나타내는 적확한 이미지가 하나 있다. 레르네의 히드라, 끊임없이 재생하는 백 개의 머리를 지닌 괴물. 오늘날 나는 검을 곁에 두고 잠들고 식사하며, 검으로 내 책의 페이지를 가르고자 한다.

*

모든 것을 벼리는 숫돌, 곧 시선과 지성, 심지어 직관마저 벼려내는 것은 마음이다. 홉킨스는 진정으로 깨어 있는 마음을 지닌 이의 완벽한 예다. 무엇보다도 그의 영혼에는 절대적인 온전함이 깃들어 있다. 요즘 나는 홉킨스와 폴랭을 읽고 있다. 이 시인들은 숫돌로 가는 자들이며, 그들 곁에서 나는 내 시선을 벼린다. 나 자신이 지혜로워지기 위해서는 지혜로운 누군가가 내 곁에 있어야 한다.

비할 데 없이 정밀한 시선에 더해, 홉킨스는 놀라울 정도로 올곧은 사람이다. 제라드 맨리 홉킨스는 언제나 자신이 본 것에 대한 순종으로만 글을 썼다. 그의 눈에 비친 히아신스와 구름과 모든 자연은, 단지 그리스도가 못 박힌 손으로 짜내는 자수에 지나지 않았다. 무엇보다 그가 내게 가르쳐 준 것은 현실에 대한 정밀한 묘사를 통해 환각에 이를 수 있다는 점이다. 시인이 되려면 공증인만큼이나 세밀해야 한다. 본 것이 아닌 걸 덧붙여서는 안 되며, 눈으로 본 것을 넘치지 않게 담아낼 단어를 스스로 찾아내야 한다. 글을 쓴다는 건 단어들을 하나하나 집어내어 남용으로 더럽혀진 자국을 씻어내는 일이다. 단어들이 깨끗해야 비로소 바르게 쓰일 수 있다. 그것이 첫 번째 일이다. '신'이나 '사랑' 같은 말은 사방으로 끌려다녀 더러워졌지만, 그럼에도 포기하기에는 너무나 소중한 말이다. 그러므로 언어를 새롭게 하여, 그 무구함을 되찾아야 한다. 씻기고 닦인 아기들의 형언할 수 없는 경이로움을, 단어들은 되찾아야 한다. 그때 더없이 순수해진 단어들이 우리마저도 무구하게 만들어 줄 것이다. 진리는 우리에게 그 최초의 순수함을 되돌려준다. 남몰래 기도 하려고 교회에 들어서는 이의 아름다움, 공원에서 책을 펼치는 이의 아름다움을. 그 순간 얼굴은 작은 예배당과도 같아진다. 제자리에 머물면서 떠나는 듯한 아름다움이 그 얼굴에 깃든다.

*

우리가 책에 요구해야 할 것은 단 하나, 빛을 비추고 반사하는 투명함일 테다. 나는 오랫동안 책의 숲에서 길을 잃고 헤맸다. 그러나 이제 내가 읽는 모든 책들은 내게 유리판과 같아서, 아주 작은 흠집이나 먼지조차도 육체적으로 느낄 정도다. 아마도 내 책들만은 예외일 텐데, 불행히도 우리는 자신의 결함보다 타인의 결함을 더 쉽게 보기 때문이다.

책은 언제나 최후의 심판이다. 우리가 쓰는 책들이 우리 자신에 대해 모든 것을 말한다는 사실을 깨닫는다면, 감히 아무것도 쓰지 못할 것이다. 게다가 현실은 우리가 내어준 만큼만 되돌려준다. 그보다 더하지도 덜하지도 않게. 내가 비루할 때, 내가 보는 것도 비루해진다. 그럴 때 내 영혼은 불도그의 얼굴처럼 온통 구겨져 있다. 때로는 모든 것이 순조롭지만, 때로는 이상한 나라의 앨리스의 의자를 물려받은 듯, 내가 그 자리에 걸맞지 못함을 느낀다. 언어는 결코 거짓말을 하지 않는다. 언어는 우리가 글을 쓰는 그 순간의 우리를 정확히 드러낸다. 언어는 자기 자신을 판독하는 필적학자다. 이 세기의 문학 대부분이 허무를 반영하는 것도 그런 까닭이다. 그들은 자기 성性을 책 속에 집어넣는다. 그리하여 더 이상 책은 존재하지 않고 오직 그들의 성만이 있을 뿐이다.

우리는 오직 선함을 통해서만 시간의 굴레에서 벗어난다. 삶에서 우리는 부모를 사랑하는 것으로 그 선함을 시작하며 그건 자연스러운 마음, 생명에 필수적인 마음이다. 그러나 시간이 지나면 두 번째 마음이 와야 한다. 상처 입지 않고 부패하지 않는 마음. 하느님이 우리에게 주시는 마음이며, 그리스도는 그 마음으로 이렇게 말했다. "내가 온 것은 사람이 그 아버지와 맞서게 하려 함이니." 마음이란, 우리 안에서 세상을 받아들이지 못하는 그 무엇이다. 내가 책을 읽을 때 찾는 게 바로 그것이다. 나는 세상에 더럽혀지지 않은 무언가를 찾는다.

*

책의 삶도, 사람의 삶도 지극히 개인적이다 "이 책을 읽어봐, 정말 훌륭해."라고 말한다고 해서 누군가를 그 책으로 이끌 수 없고, "저 사람을 만나봐, 훌륭한 사람이야."라고 말한다고 해서 우정을 맺게 할 수도 없다. 그런 방식으로는 결코 이루어지지 않는다. 스스로 찾아내야만 하는 것이다. 어린 시절 나는 내 시간이나 독서를 누군가가 정해주는 걸 원치 않았다. 진실은 — 당신을 전복시키든, 환히 비추든 간에 — 오직 자기 자신을 통과해서만 드러날 수 있다. 다른 모든 것은 흉내 낼 수 있을지라도,

이 일에 있어서는 어떤 본보기도 존재하지 않는다. 하지만 그렇다고 해도, 사람은 자기가 사랑하는 것을 말하지 않고는 견딜 수 없고, 그것을 나누려 애쓰게 되는 법이다.

예컨대 장 폴랭의 글은 고고하며, 그의 시대에 고유했던 그 느림으로 읽어야 한다. 우리와 더 가까운 시대에는 장-피에르 콜롱비의 시들이 있다. 그는 형상으로 드러나지 않는 가장 미세한 생명을 누구보다 잘 노래한 시인 가운데 한 사람이다. 극미한 세계의 호메로스라고도 할 만하다. 아주 작은 것을 볼 수 있을 만큼 충분히 작아지는 묘약을 마시기라도 한듯이, 콜롱비는 천재적인 방법으로 자신을 축소시켜 우주를 이루는 원자들의 수준에까지 이르렀다. 그의 곁에서는 레이스를 짜는 여인의 손마저 농부의 손처럼 거칠어 보인다. 존재를 이토록 정밀하게 말할 줄 아는 자는, 개미를 들여다보는 아이처럼 볼 줄 아는 자다. 그의 예리한 눈빛은 두려움을 불러일으키는데, 그 눈빛을 발하는 존재가 정작 어디에 있는지 알 수 없게 만들기 때문이다. 콜롱비의 시를 읽을 때, 우리는 우유 그릇이 되고 떨어지는 나뭇잎이 된다. 그 안에는 우리를 지배하려는 꿈처럼, 조금은 독재적인 무언가가 있다. 우리는 그가 앉으라 하는 자리에 앉고, 그가 가리키는 곳만을 바라봐야 한다. 다른 선택은 없다. 콜롱비의 글에서는 오직 시선만이 남는다. 그는 자신이 바라보는 것 속으로 온전히 사라져 버린다. 영혼도, 마음도, 정신도, 모두 그의 눈 속에 숨어 있다. 초파리의 눈처럼 수많은 면을 동시에 바라볼 수 있는 그런 시선에는 법령처럼 떨어지는, 그러나 동시에 모든 것을 움츠리게 하는 아름다움이 있다. 그로장이 온 우주 전체를 걸어 잠그는 이라면, 콜롱비는 우표 한 장의 왕이다. 그는 원자 시계처럼 1초의 오차도 없이 정확한 시간을 알려준다. 숟가락 하나의 삶이 무엇인지 알고 싶을 때, 나는 그의 책을 펼친다. 풀잎 하나를 묘사하는 데 그렇게까지 정성을 쏟는 이 사람을 보면, 그의 온 마음이 거기에 다 들어간 게 아닐까 싶어진다. 그래서 문득 이런 생각을 떨칠 수 없다. "그가 나를 본다면, 나에게서 무엇이 남을까?"

콜롱비는 인간 없는 삶, 아무도 없는 삶을 탁월하게 노래한다. 그런 의미에서 그는 여러 세대의 광인들이 끝내 쓰지 못했던 책을 쓰는 데 성공했다고 할 수 있다. 불행을 느끼는 감각마저 불행에 빼앗긴 이들과 닮은 그는 모든 것이 그저 끈의 진동일 뿐이라고 여기는 과학자들을 떠올리게 한다. 그의 시는 기이하게 아름답다. 심장이 없는 사랑처럼.

*

비록 문학이라는 가짜 천장 아래에 놓여 있다고 해도, 피에르 미숑의 책 속에는 진짜 태양이 있다. 그는 손이 아니라 주먹으로 문장을 쓴다. 이 사람의 불행은 아마도 화려함에 대한 그의 기호일 것이다. 그는 스스로 선택한 거장들에게 짓눌려 있으며, 그 거장들은 그의 위대함을 좁디좁은 문학의 하늘 아래 가둔다. 그는 문학의 위대한 전범典範들에 흠뻑 젖어 있고, 그의 작품은 문학의 황금 방 — 루이 14세의 방과도 같은 — 에 파묻혀 있다. 나는 그 방에서 하룻밤도 잘 수 없을 것이다. 내게는 숨 쉴 공기가 충분하지 않은 곳이기 때문이다. 그의 작품은 별빛으로 가득한 막다른 길이며, 그는 죽은 자의 불가능한 예속 아래, 말하자면 문학 그 자체의 화신과도 같은 어떤 표본 아래에 있다. 그는 랭보의 예배당에서 완전히 취한 채로 나왔다. 문장 하나하나가 무덤 같은 그의 책들에 흐르는 격앙된 어조는 누군가가 종이 벽 뒤에서 주먹으로 두드리는 듯한 분노다. 그는 한밤중 교회 안에 갇힌 고아처럼 때로는 대문을 두드리다가, 때로는 초라한 그림의 불꽃 앞에서 발작하듯 쓰러진다. 그러나 랭보의 글 전체를 덮고 있는 이슬을, 미숑은 보여주지 않는다.

*

　이토록 추함이 찬미된 적은 일찍이 없었다. 오랫동안 사람의 마음을 부드럽게 만드는 힘이 있다고 믿었던 음악마저 이제는 심장의 고동을 흉내 내는 단조로운 반복이 되어, 오히려 심장을 파괴한다. 오늘날 대부분의 책들이라고 해봐야, 약간의 성급함이 덧칠된 보잘것없는 재능의 산물일 뿐이다. 그러므로 우리는 아름다움을 볼 줄 아는 이들에게 한층 더 세심히 귀 기울여야 한다.

티에리 메츠[*]의 글이 바로 그렇다. 거대한 체구 탓에 바이올린이 어린아이의 장난감처럼 보였던 위대한 연주자 외젠 이자이처럼, 그는 몇몇 예술가들이 속한 '나무를 베는 천사들'의 계보에 속한다. 당혹스러우면서도 깨달음을 주는 건, 티에리 메츠가 어린 소녀의 손으로 단어를 만진다는 것이다. 거인이 몸을 굽혀 나비나 꽃을 어루만지는 것보다 더 아름다운 광경이 어디 있겠는가. 그리고 도미니크 파니에[**]가 있다. 먼저 소설이라는 형식이 있었고, 그다음에는 바로크라는 양식이 있었으며, 이제는 파니에가 있다. 그는 자신의 문장을 다루는 데 있어 벌목꾼이자, 목수이며, 세공가이다. 그는 모든 일을 완벽한 기예로 해내지만, 세상은 그것에 전혀 관심을 두지 않는다. 작업을 마치고 나면, 그는 그저 잠자리에 들어 짐승 같은 잠에 스스로를 내던질 뿐이다. 에른스트 융거[***]의 흠잡을 데 없이 단정한 문장들도 있다. 그의 단어들은 마치 건조한 물방울처럼 페이지 위로 떨어진다. 독수리가 목의 깃털만 툭 털어내는 듯한 그 간결함으로.

이 모든 작가들은 명료하게 보기 위해 고독으로 값을 치렀다. 진실은 대가를 요구한다. 그것이 기쁨일 때조차도 말이다. 거짓은 다른 사람들이 쓰는 것과 똑같은 위조화폐를 유통시키는 것이지만, 금을 발견했을 때는 발견

* Thierry Metz(1956~1997) : 프랑스 시인으로, 육체노동의 경험과 내면의 상처를 간결하고 응축된 언어로 기록한 『Le Journal d'un manœuvre』로 널리 알려져 있다

** Dominique Pagnier(1951~) : 프랑스 시인이자 소설가로, 섬세한 이미지와 사색적 문체를 바탕으로 자연, 기억, 내면의 풍경을 탐구하는 작품들로 알려져 있다.

*** Ernst Jünger(1895-1998) : 독일 작가·사상가로, 전쟁 경험을 토대로 한 『In Stahlgewittern』와 기술·근대성·니힐리즘을 탐구한 에세이들로 20세기 독문학과 지성사에 강한 영향을 남겼다.

한 자만이 홀로 서게 된다. 그는 애도 속에 있는 자처럼
고독하다.

심장의 고막

Le tympan du coeur

나는 믿을 수 없는 것을 믿는다. 한 마음이 지닌 고통과 기쁨의 믿을 수 없는 순수함을 믿는다. 그것들은 극히 드물고, 눈물이 날 만큼 단순하다. 나는 죽어가는 아버지의 얼굴에서 샘의 근원과도 같은 미소를 보았다. 불멸의 미소는 그저 박물관의 조각상만을 떠올리게 할 뿐이지만, 아버지의 그 미소에는 세상의 창조와도 같은 무언가가 간직되어 있었다. 고갈되는 삶 속에서 아버지는 자신의 미소에 담긴 모든 황금빛을 단 한 순간에 쏟아냈다. 그의 생을 가로질러 흘러온 이 미소 짓는 진실은, 육체가 땅속에 묻힌 뒤에도 사라지지 않고 오히려 더 넓게 퍼져나갔다. 나는 그 진실이 내 마지막 순간에 나를 기다리고 있으리라 믿는다.

내가 믿는 것은 언제나 어떤 애착, 어떤 사람과 결부되어 있다. 이 믿음 속에서 나는 무언가를 지탱하고 있으며, 그 무언가는 다시 나를 지탱해 준다. 별들이 죽은 뒤에도 그 빛이 우리에게 닿듯, 존재가 사라진 뒤에도 그 무언가는 계속해서 진동한다. 죽은 이들에게 내가 해줄 수 있는 건 더는 아무것도 없겠지만, 우리는 여전히 연대를 이어간다. 내가 믿는 저 너머의 세계를, 나는 여기, 지금 이 순간에 본다. 실제로 어떤 의미에서 모든 것은 바로 여기에서 일어나기 때문이다. 그 세계는 시간을 통째로 삼켜 초월한다. 내일 누군가 나에게 부활이란 없다는 것을, 설령 가장 위대한 이라 할지라도 그리스도 역시 그저 수많은 현자들 중 한 명일 뿐이라는 것을 증명한다고 한들, 무엇이 달라지겠는가? 달라질 것은 아무것도 없다. 나는 내 삶도, 내 시선도 바꾸지 않을 것이다. 이 희망은 내게 너무도 깊이 달라붙어 있고 눈동자의 색처럼 내 일부가 되었기에, 그것을 떼어내는 일은 곧 내 숨결과 영혼을 함께 떼어내는 일이리라. 그 점에서 나는 돌보다도 더 변치 않는 것 속에 있다. 내가 말했던 그 미소는, 아무리 덧없이 사라질지라도, 나에게는 결코 지워지지 않는다.

우리 사회의 죄악 중 하나는 미소마저 변질시켜 상업적 도구로 만들어 버렸다는 데 있다. 미소는 신성한 것이다. 질문보다 더 큰 대답으로 화답하는 모든 것이 그러하듯이. 고집스럽게 고독 속에 머무는 나에게는 미소야말로 세상에서 가장 경이롭다. 인간이 지닌 가장 정교한 섬세함 중 하나이며, 저 너머의 삶을 미리 맛보는 듯한, 보이지 않는 세계에서 피어난 한 송이 꽃이다. 나는 감히 이렇게까지 말하겠다. 가장 아름다운 미소는 세상으로부터 물러나 거의 닫혀 있는 얼굴에서만 피어난다고. 그러나 요람 위로 몸을 기울여 보면, 우리는 여전히 그 미소를 다시 발견할 수 있다. 인간이 아무리 잔혹할지라도, 누군가 세상에 태어나는 그 순간마다 미소는 다시 나타난다. 천사 같은 미소도, 거짓된 미소도 있다. 그러나 진정한 미소란, 이미 모든 것을 찾아낸 사람의 미소다. 거기에는 더 이상 계산도, 유혹도 없다.

*

그리스 조각상의 미소는 내게 아무런 감흥도 주지 못한다. 그 미소는 완벽하지만 죽어 있기 때문이다. 그러나 카미유 클로델에게서는 다르다. 그녀의 작품 <성에 사는 소녀 La petite châtelaine>에서 소녀의 얼굴은 슬퍼하지도, 웃지도 않는다. 다만 순수한 고통을 향해 나아간다. 카미유 클로델은 자신의 영원한 얼굴을 향해 나아가는 한 소녀의 얼굴을 포착했다. 그 얼굴을 바라보고 있으면, 나는 내가 혼자가 아님을 알게 된다. 소녀는 거리에서 마주치는 대부분의 사람들보다도 이상하리만치 훨씬 더 생생하게 존재한다. 그것이 어떤 '현존'이라고 말할 만큼의 광기는 내게 없지만, 그 안에는 단순한 물질 이상의 무언가가 있다. 소녀의 얼굴에서 내가 보는 것은 다름 아닌 카미유 클로델의 영혼 끝자락이다. 육체적인 것으로부터 비육체적인 것, 하늘과 닿아 있는 무언가가 말해질 수 있다. 우리는 이제 막 모습을 드러내려는 누군가가 그곳에 있는 것을 본다. 그 앞에서 나는 풀잎 한 가닥의 정체성밖에 갖지 못한다. 갑작스레 우리는 살아 있다는 벌거벗은 사실로 환원된다. 그건 견딜 수 없을 만큼 고통스러우면서도 동시에 사랑스러운 일이며, 미소의 불길로도 눈물의 불길로도 번질 수 있다. 미소뿐만이 아니라 눈물에 대해서도 말해야 하리라. 지워지지 않는 눈물도 있다. 그 눈물은, 미소가 드러낸 것과 동일한 진실이 결코 꺾이지 않음을 증언한다. 그것들은 우리를 넘어서는 어떤 존재의 두 가지 증거이다. 눈물과 미소는 얼굴 위에 글씨를 쓴다. 순수한 고통과 순수한 선함은 바로 그 얼굴 위에서 읽히며, 밀랍 위에 찍는 인장처럼 가슴에 새겨진다. 믿을 만한 가치가 있는 것은 거의 없다. 그러나 누군가의 고통과 선함을 문득 보게 되는 것은, 자신이 어디 있는지도 모른 채 헤매다가 방향을 찾는 것과 같다. 비록 어쩔 도리가 없는 고통들은 여전히 존재할지라도, 모든 게 순식간에 제자리를 찾는다. 눈물과 미소는 얼굴을 밝히고 환하게 비춘다. 우리에게는 미완의 얼굴이 주어졌으며, 그 얼굴이 이 생에서 완전함을 찾는 것은 오직 만남이나 상실의 순수한 격렬함 속에서만, 눈물이나 미소가 지닌 뜨겁고도 부드러운 온기 속에서만 가능한 듯하다. 이 모든 것은 언어와 사회의 바깥에 있다. 진실은 눈물의 골짜기에서, 혹은 입술의 작은 요람 — 미소는 입술에 살짝 떨리는 작은 요람의 형상을 그려준다 — 에서 태어난다.

*

참된 지성은 빛 속에서 나아간다. 파스칼이나 바흐의 정신이 나아가는 모습은 눈부시다. 그러나 한 인간의 가치가 분석적 지성의 정점에 달린 것은 아니다. 따지고 보면, 성 토마스 아퀴나스의 『신학 대전』이나 『잃어버린 시간을 찾아서』도 줄넘기보다 더 대단할 건 없다. 하긴, 줄넘기도 결코 사소한 일은 아니다. 줄을 넘을 때 우리는 시간의 순수한 맥박을 느낄 수 있으니 말이다.

나는 십여 년을 아이들과 함께 거닐며 보냈다. 그 시간은 신학 공부에 견줄 만했다. 내게 지혜가 있다면, 그건 최대한의 주의를 지속적으로 기울이며 온전히 그 자리에 머무는 기술일 것이다. 내가 아이들에게 매료당하는 이유도 바로 그들이 순전한 현재 속에 온전히 머무르는 재능을 가졌기 때문이다. 나는 그들과 깊은 교감을 나눈다.

서른 살 무렵, 나는 개념과 씨름하기보다 작은 플라스틱 인형들과 노는 걸 더 좋아했다. 그런 식으로 시간을 허비하는 게 세상에서 가장 아름다운 일 가운데 하나라는 사실을 누구에게도 설명할 수 없었다. 그런데 아이들은 기쁨이나 열정을 해방시키러 성에 쳐들어가듯, 쉴 새 없이 시간을 침략한다. 그때 나는 내가 이 땅에서 무엇을 하고 있는지 정확히 알 수 있었다. 아이들과 나, 우리들은 시간에 불을 지르며 놀거나 혹은 수중에 없는 돈을 창밖으로 마구 뿌려대듯이 시간을 탕진했던 것이다.

*

그리스도를 품게 되면 더 이상 상상이라는 것을 할 수 없게 된다. 실재가 걷잡을 수 없이 밀려들어 우리를 압도해 버리기 때문이다. 나는 프랜시스 톰슨*의 다음 글귀를 읽은 바로 그 순간부터 그를 나의 형제로 여기게 되었다.

"시인은 마음으로 사유해야 한다. 머리로 생각하는 것만으로는 충분하지 않으며, 마음으로 느끼는 것 또한 마찬가지다. 머리로 생각하는 것은 난해한 학문을 낳고, 마음으로 느끼는 것은 기껏해야 저급한 부류에 속한 감상적인 시를 낳을 뿐이다. 시인이 더 이상 마음으로 사유하지 않게 될 때, 그는 시인이기를 멈춘 것이다."

'마음으로 사유해야 한다'는 이 문장은 3월의 목련꽃처럼 내 머릿속에서 활짝 피어났다. 놀라운 점은, 1859년 산업화 시대의 영국에서 태어난 한 시인이 가장 섬세한 동양인처럼 말하고 있다는 사실이다. 그의 사유는 13세기를 살았던 루미의 입술 위에서도 발견된다. "그대가 잠시라도 마음의 가르침에 귀 기울인다면, 그대 자신이 학자들을 가르치게 되리라." 13세기에서 19세기에 이르기까지, 진리는 언제나 새롭고 풍성하게 흐르며 봄처럼 생생하다. 나는 한 송이 양귀비꽃에 대한 프랜시스 톰슨의 시를 마음속에 간직하고 있다.

그녀는 남쪽의 어두운 머리칼을 흩날리며 몸을 돌려

그곳에 잠들어 있는 집시를 보았네.

그리고 재빠른 아이의 변덕으로 그것을 낚아채 꺾으며,

그에게 외쳤네, '평생 간직해요!'라고**

* Francis Thompson(1859~1907) : 영국의 시인이자 가톨릭 신비주의자. 대표작으로는 「천국의 사냥개(The Hound of Heaven)」가 있다.
** 프랜시스 톰슨의 시 「양귀비꽃(The Poppy)」의 한 구절.

프란스 할스가 1615년에 그린 미소 짓는 아이의 초상 앞에서, 나는 1985년에 아이들 무리와 함께했던 시간을 다시 발견한다. 3세기 전에 죽은 누군가가 지금 이 순간에도 내 안에서 여전히 살아 숨 쉬는 어떤 것을 내게 드러내 보인다. 그 사실이 내게는 놀랍고도 아름답게 느껴진다. 시간을 둘러싼 한 가지 진실을, 시간이란 우리가 믿는 것처럼 질서정연하지 않음을 말해주기 때문이다.

그렇게 살아 있는 이들과 죽은 이들 사이에는 아름다운 연대가 있다. 달력의 모든 장을 불태워 버리는, 보이지 않는 연대들이 있다. 나뭇가지에 앉은 한 마리 멧비둘기가 죽은 화가에 대해 내게 말하면, 다시 그 화가는 내 방 창으로 스며드는 빛에 대해 말할 것이다. 은밀한 것들 사이에 존재하는 반짝이는 연결.

지금 다루고 있는 이 회화의 경우, 감상적인 표현에 빠지지 않고 아이를 그린다는 것은 드문 일이다. 이 아이의 얼굴은 하나의 얼굴이면서 동시에 순수한 자연에서 길러진 마음이다. 회화 속 갈색과 황톳빛 색채는 과시하려 들지 않는다. 성경이 말하는 진흙, 우리 같은 어리석은 자들에게까지 닿으려는 숨결이 섞여 있는 그 진흙과 아주 유사하다.

어쩌면 진정한 예술가는 언제나 파스칼적인 의미에서 모럴리스트인지도 모른다. 그가 열렬히 추구하는 것은 선善이며, 그때 아름다움은 필연적으로 따라온다. 프랜시스 톰슨이 말했듯, 큰 마차에 매달려 전속력으로 달리는 작은 마차처럼, '우연한 보상'으로서 찾아온다. 예술 작품은 마음 안에서 이루어져야 한다. 프란스 할스의 그림에서 아름다움이란 겨우 나무의 대팻밥에 지나지 않는다. 그는 얼굴이라는 거친 원목을 집어들고, 그 안의 모든 결을 찾아낸다. 그 대팻밥들이 미술사 한편에 떨어질지언정, 그에게서 진정으로 아름다운 것은 아름다움 그 자체가 아니다. 그는 살 속 깊은 곳에서 영혼을 찾아내려는 듯이 그림을 그린다. 그리고 우리는 바로 눈앞에서 그것이 이루어진 듯한 인상을 받는다. 이는 진정 굶주린 자의 그림이다. 그는 자신이 그리는 대상의 살아 있는 진실을 갈망한다.

그의 예술은 그의 마음의 종이며, 그때 예술은 가장 높은 자리에 오른다. 그림을 그릴 시간조차 없는 이가 그린 것처럼 보이는 그의 작품 속에는 삶의 덧없음과, 진실이야말로 아름다움을 보증하는 유일한 것임에 대한 침묵의 논고論考가 담겨 있다. 요컨대 프란스 할스는 그림을 그리지 않는 화가이다. 그가 그린 얼굴들은 신의 화로에서 나온 듯하며, 이제 갓 구워져 완성된 그 얼굴에 더해진 생명의 숨결을 그는 거의 드러내는 데 성공한다. 그에게 영혼은 살 속에 깃들어 있다. 둥지 안에 있는 것처럼, 조개 속의 진주처럼. 그리고 그는 영혼을 끄집어내려 한다.

일상에서 우리를 즐겁게 하는 많은 것들은 첫 시련이 닥치는 순간 사라져 버린다. 마치 가짜 친구들과 인생을 함께 보내는 것과 같다. 그러나 프란스 할스와 함께라면 그 반대다. 3세기 전에 이 얼굴을 그린 사람이 지금 내 부엌에 앉아 있는 것만 같다. 그는 그림을 그리면서 점점 더 그림을 벗어던졌다. 마지막에는 오직 본질의 뼈대만 남기고, 그는 그림을 버렸다. 잘 그리기 위해, 미학을 위해 더는 단 하나의 안료도 쓰지 않았다. 사실 나는 모든 곳에 도움을 구한다. 이 그림을 바라볼 때 역시 나는 도움을 받는다. 프란스 할스가 응답한다. 클라이스트도 응답하고, 장 그로장도 응답한다. 내가 도움을 청하면 그들이 응답해 준다. 키에르케고르도 마찬가지다. 화가나 작가와 이렇게 비이성적인 시간을 함께 보내는 데에는 다른 이유가 없다. 어떤 순간에는, 우리가 도움을 청해도 아무도 응답하지 않을 수 있다. 하지만 이 유익하고 인간적인 말들은 침묵을 배경 삼아 드러날 때 더욱 빛나니, 이것이야말로 진정한 기적이다. 프란스 할스의 그림이 지닌 아름다움은 모든 평화가 무너져 내린 순간에 대해서도 무언가를 말해준다는 데 있다. 그것은 우리가 불길 속에 있을 때조차 지속되는 것이기에, 결코 거짓이 아니다.

*

나는 주변의 아이들과 함께 놀던 시간을 진심으로 사랑했다. 아이들의 놀이가 지닌 경쾌한 열기와 끊임없이 무엇이든 만들어 내는 사랑스러운 성급함을 사랑했다.

그중에는 일곱 살 혹은 여덟 살밖에 되지 않은 작은 귀공자들도 있었다. 또한 나는 나이 든 이들과 나란히 앉아 침묵하거나 몇 마디 말을 나누는 것도 좋아했다. 이러한 일들은 나를 황홀하게 하는데, '시간을 벗어난 시간'을 가장 깊이 경험하기 때문일 테다. 내가 아무리 철학자들의 글을 읽었을지라도 형이상학에 대해서는 매우 회의적이다. 하지만 나이 든 이와 대화할 때, 나는 철학서에서보다 살아있는 철학에 훨씬 더 가까이 다가선다. 아기들은 자신을 위해 단 한 푼도 간직하지 않는 억만장자들이다. 그들이 가진 황금은 사방으로 흩뿌려진다. 노인은 절대적으로 가난한 이들이다. 신비주의자들이 말하는 바로 그 가난 말이다. 그들 곁에는 더 이상 거짓된 부[富]라는 세상이 존재하지 않는다. 이 두 시기에는 순수한 상태에 가까운 두려움과 감미로움이 함께 깃들어 있다. 악몽을 꾼 아이의 두려움이나 죽음을 무서워하는 노인의 두려움보다 더 큰 두려움은 없다. 그러나 이 두려움과 감미로움은 문화와 유혹에 의해 성인기의 삶에서 밀려난다. 이 유혹의 어리석음이 삶의 두려움과 감미로움을 멀리 내쫓아 버린다. 그런데 바로 이 두 가지야말로 동화를 위대하게 만드는 요소다. 동화는 삶 속에 뒤섞여 있는 다정함과 불안을 탁월하게 이야기하는 장르다. 산다는 것은 곧 한 편의 동화 속에 온전히 사로잡혀 있는 것과 다르지 않다. 성인이 오로지 돈과 쾌락을 추구하는 데에만 몰두한다면, 진정 믿을 수 있는 경이로움은 삶의 첫 시기와 마지막 시기밖에 남지 않는다. 결국 나는 도착하는 사람들과 떠나는 사람들을 좋아하는데, 그들에게는 아름다운 공통점이 있다. 한쪽은 아직 권력 의지에 사로잡히지 않았고, 다른 한쪽은 이미 거기서 벗어났다는 점이다. 모든 노인이 지혜로운 건 아니지만, 그들 모두에게 공통된 어떤 점이 내 마음을 깊이 흔든다. 원하든 원치 않든 그들에게 찾아온 그 '비워짐', 그리고 온몸에 드리운 ─ 내게는 신성하게 느껴지는 ─ 그 연약함. 우리 사회는 우리의 영원성을 부정했다. 세상은 자신의 젊음, 자신의 아름다움, 자신의 유연함, 자신의 부만을 사랑한다. 대부분의 성인들과의 대화는 나를 완전한 어둠 속에 남겨두지만, 노인과 나누는 대화에는 의미가 있다. 우리는 믿을 수 없을 정도로 연약한 두 극점 사이에서 살고 있다. 죽은 자의 연약함은 갓난아이의 연약함보다 훨씬 더 크다. 죽은 자는 더 이상 자신을 지킬 수 없는 존재다. 그는 여전히 이 땅 위에 있지만, 손가락 하나조차 움직일 수 없다. 자신의 생각마저도 자신에게 닿지 않는다. 세상에 태어날 때 우리가 가진 것은 오직 얼굴뿐이며, 노인들 역시 육체적 힘이 그들을 떠났기에 얼굴만 남는다. 이 얼굴들은 중세의 가장 화려한 채색화보다 더 아름답다. 갓난아이의 얼굴은 질문들에 사로잡혀 있다. 그 질문들이 그들의 볼과 커다란 눈동자 위로 튀어 오른다. 어떤 답변의 실마리조차 가지고 있지 않으므로, 갓난아이들은 철학자들보다 더 많은 질문에 꿰뚫린다.

*

나는 아기와 밤낮으로도 이야기할 수 있을 것이다. 거짓된 진리와 습관으로부터 전혀 손상되지 않은 존재이기 때문이다. 아기들에겐 부처들처럼 지혜에 뿌리를 둔 듯한 무언가가 있다. 그들은 우리에게 아주 먼 별의 소식을 전해주는데, 이 소식은 아직 언어에 의해 지연되지 않았다. 또한 아기들은 우리가 스스로 허용하지 않는, 시선을 고정하고 응시하는 행위를 서슴지 않는다. 우리는 탄생이 끝났다고 생각하지만, 그렇지 않다. 아기의 시선은 속도를 늦추지 않고 끊임없이 나아간다. 절대적으로 낯선 존재인 아기를 바라보면, 우리가 그에게 말을 걸기 위해 사용하는 관습적인 언어에 그가 거의 충격을 받고 있음을 알 수 있다. 별 볼 일 없는 말들을 건넬 때, 우리는 아기의 눈빛에서 의아함의 빛을 보게 된다. 거북이 등껍질처럼 늙은 얼굴을 한 현자 앞에서 하찮은 말을 늘어놓을 때 받는 인상과 똑같다. 아기들은 절대적인 형이상학자들이다. 그러한 아기들에게 관습적인 감탄만을 건네는 것은 참담한 일이며, 이 현자들이 가진 매우 섬세한 통찰력을 모욕하는 것이나 다름없다. 나는 갓난아이의 얼굴에 매혹되지만, 동시에 그들에게 완전히 닿지는 못한다. 내 얼굴과 아기 얼굴 사이에 놓인 20센티미터의 공간은, 별과 지구 사이의 거리처럼 넘을 수 없는 간극이다. 그들의 시선을 마주하기란 매우 어렵다. 그 안에는 거짓된 자연스러움이 존재하지 않기 때문이다. 세상의 끝에서 와서 세상의 끝으로 향하는 그들의 시선과 마주하면 우리는 충격에 휩싸이고 만다. 아기의 온몸은 머릿속 하나의 생각처럼 모여 있으며, 그 생각은 다시 눈 속에 응축되어 있다. 태어날 때 늘 푸른빛을 띠는, 두 개의 작은 하늘빛 음표. 아기는 자신에게 다가오는 모든 것에 깊이 놀란다. 나뭇잎이 흔들리는 모습에도 억만장자의 축제에 초대라도 된 듯 넋을 잃는다. 그리고 기꺼이 웃음을 터뜨린다. 아주 작은 아기가 웃을 때면, 그의 온 존재가 작은 방울처럼 흔들리고, 샴페인을 부어놓기라도 한 듯이 눈빛은 반짝인다.

*

어머니들은 아이의 얼굴을 적시고 있는 머나먼 별빛을 보기에는 너무 가까이 있다. 나는 갓난아이의 그 시선을 내 안에 일부 간직하고 있다고 믿으며, 글을 쓰면서 그것을 다시 찾아낸다. 며칠 전, 한 아기와 이야기를 나누었다. 아기는 아주 작은 눈썹을 찌푸리며 생각에 잠겨 있었고, 그 생각이 이마 위에 물결처럼 잔주름을 그렸다. 신발 끈을 만지작거리며 분주하던 작은 손은 참새만큼이나 아름다웠다. 꽃잎처럼 가벼운 손톱이 달린 작은 손가락, 아주 작은 달팽이 같은 입술, 그리고 때로는 사유의 중력으로 줄무늬지듯 흔들리는 맑은 눈빛, 이 모든 것이 우주의 광대함에 둘러싸여 있었다. 아기들은 놀이 속에 있으면서 동시에 가장 감당하기 힘든 사유 속에 있다. 우리에게 별들의 소식을 전하러 온 그들이 요람 밖으로 삐

119

져나온 작은 리본 조각 하나로도 즐거워할 수 있다는 것은 참으로 신기한 일이다. 신생아들은 전쟁터에 있듯 삶과 맞서 서 있는 존재들이며, 그들이 어떤 예술 작품보다도 더 깊이 나를 뒤흔드는 것은 바로 그런 이유 때문일 테다.

*

파스칼은 목이 잘린 자들의 말만을 믿는다고 했다. 어떤 고독의 영역들은 그 안에서 발화되는 진실을 스스로 입증한다. 고문당한 이의 말이나 아이를 잃은 여인의 말은 누구도 의심하지 않는다. 갓난아이의 미소 또한 그렇다. 나는 찢기고 더듬거리는 말이나 갓난아이의 옹알이에 어떤 교리보다 더 큰 믿음을 둔다. 같은 이유로 나는 나에게 주어지던 가르침에 온전히 집중할 수 없었다. 오히려 실제적인 것들에 더 마음을 두었다. 나는 요람의 깊은 곳에서, 또 내가 때때로 일했던 병원에서 진실을 발견했지만, 지식인들의 모임에서는 단 하나의 진실도 찾지 못했다. 그림자와 결함까지 아울러 드러나는 '한 사람의 생생한 현존'이야말로 내게는 하나의 축제다. 반면 '한 사람의 치명적인 부재'는 부르주아적 사고의 지배가 낳은 결과이다. 부르주아들은 암묵暗默의 대가들이다. 나는 조이스를 읽지 않은 채 관 속에 들어갈 것이다. 내게는 이보다 더 생생히 살아있는 일들이 있기 때문이다.

정신과 분석적 지성을 통해서는 세상과 협력할 수 있다고 생각한다. 그러나 마음은 아니다. 마음과 세상 사이에는 생사를 건 싸움이 있다. 그렇기에 마음은 세상에서 가장 단단한 것이다. 마음이 부드럽다고 말하는 일반적인 통념과는 다르게 말이다. 세상이 마음속으로 스며들지 못하도록 단단한 마음을 지녀야 하리라. 세상이 들어오면, 모든 것은 끝장나 버리고 말 테니.

그리스도보다 더 단단한 마음을 지닌 이는 없었다. 그리스도는 다이아몬드처럼 단단한 그 마음으로 세상을 지워낼 수 있었다. 그러나 그 반대는 성립하지 않는다. 세상의 유리는 그리스도가 지닌 그 마음의 단단함 앞에서 아무런 힘도 발휘하지 못한다. 맞서면 산산이 부서질 뿐이다. 마음이란 지극히 작은 것이어서 그토록 단단하지 않았다면 이미 오래전에 사라졌을 것이다. 이토록 작은 것을 세상이 어떻게 알아볼 수 있겠는가? 우리를 구원하는 것은 언제나 가장 작은 것이다. 내 주머니 속에는 한두 개의 미소와 몇 권의 책에서 주워 담은 두세 문장이 있을 뿐이다. 나는 그것들을, 실제로 존재하지는 않지만 결코 내 곁을 떠나지 않는 작은 상자에 넣어 둔다. 아이들이 구슬을 넣어 가지고 노는 작은 상자를 닮은 그 안에 나는 몇 개의 미소를 담아 두고서 가끔씩 들여다보곤 하는데 그때마다 그 미소들은 여전히 예전처럼 아름답고 새롭다. 그 작은 상자 속에 들어 있는 것은 다름 아닌 사랑이다. 온 세상보다 더 강력하게 존재하는 것. 내가 모든 것을 잃을 수 있을지라도, 그 사랑만은 예외다. 상자를 열 때마다 나는 참된 의미, 참된 방향, 내가 가질 수 있는 유일한 확신을 되찾는다. 아주 작지만 결코 파괴될 수 없는 어떤 것을. 상자 안의 무엇도 바래지 않도록 가끔씩 열어볼 뿐이지만, 한 번 들여다보는 그 시선은 번개의 섬광처럼 오래 지속되고, 그 속에서 나는 영원의 감각을 되찾는다.

*

나는 언제나 무언가가 삶을 구원해 주기를 기다려 왔다. 그래서 내 손을 불태우듯 강렬하게 다가온 책을 다른 이들이 태연히 이야기할 때면 늘 놀라곤 했다. 그들에게 그 책은 오히려 꺼져버린 자기 삶을 더 깊이 붙들어 두는 데 그칠 뿐이었다. 누군가 하얀 두 손에 그들 자신의 심장을 담아 건네주어도 정작 그들이 그것을 원하지 않는다면, 그들에게는 더 이상 기대할 것이 아무것도 없는 셈이다.

사랑으로 인해, 나는 모든 위험이 미치지 못하는 나무 꼭대기에 단숨에 올려진 것만 같았다. 누군가 나를 사랑해 주었다. 그 사랑으로 인해 나는 내 삶과 세상으로부터 구원받았다. 그게 바로 내가 어린 시절부터 찾아 헤매던 바로 그 빛인 듯했다. 별안간 누군가가 그 모든 빛들을 한데 모아 내게 건네주었고, 나는 삶의 헐벗은 심장에 가만히 손을 얹은 기분이었다. 내 모든 책들이, 심지어 앞으로 나올 책까지 모두 사라진다 해도 나는 기꺼이 받아들일 준비가 되어 있다. 단, 이 한 문장만은 남았으면 한다. "비록 단 한 번이라도 언젠가 누군가에게 사랑받았다는 확신이 마음을 빛 속에서 영원히 날아오르게 한다." 내게서 모든 것을 앗아갈 수는 있겠지만, 이 문장만큼은 내 책 속에 쓰인 것만큼이나 내 안에도 깊이 새겨져 있다.

*

마음에 대해 이야기하기 시작하면 온갖 거짓 예언자들이 들고일어나 저마다의 선의와 친절을 내세운다. 소리 높여 외치는 사랑, 드러내 보이는 선행, 그것들은 언제나 끔찍한 무언가를 덧칠해 가리기 위한 화장에 불과하다. 나의 경우, 내가 한동안 억누르고자 했던 것은 수류탄처럼 폭발할 듯한 나의 슬픔이었다. 오랫동안 '불안의 거리 2번지'에 살았던 나는 절망과 천국 사이를 가로막고 있는 장벽이 매우 얇다는 사실을 늘 알고 있었다. 아니, 오히려 느끼고 있었다. 어렸을 때, 나는 얼음 위를 지치는 젊은 스케이트 선수들의 이미지에 매료되었다. 위험한 무언가 위를 가볍게 스치며 나아가는 그 황홀함이 나를 사로잡았다. 그것은 '어린 한스'의 이야기 속 통찰과 다르지 않다. 우리와 보이지 않는 세계 — 우리를 구원할지 아닐지 알 수 없는 — 사이에는 매우 얇은 장벽 하나뿐이다.

가장 위대한 책들에는 하늘이 폭풍우처럼 언어 속에서 휘몰아친다. 하지만 앞서 말한 그런 문화에 둘러싸여 자랐다면, 우리가 진정으로 그리스도를 사랑하는지 알기란 매우 어렵다. 그분을 향한 우리의 사랑이 진실한지 알기 위해서는 모든 것을 다시 시험대에 올려 보아야 한다.

아무도 내게 그리스도에 대해 말해주지 않았더라면 좋았을 것이다. 그리하여 복음서 속에서 그분을 새롭게 발견할 수 있도록. 마찬가지로, 나는 글을 읽을 줄 알기에 늘 무언가를 놓치게 될 것이다. 다시는 글을 모르는 사람의 시선으로 세상을 볼 수 없을 테니까. 그리스도의 단단함과 부드러움을 함께 지닌 사람이 있다면, 그건 바로 시몬 베유다. 인간은 마음 하나만으로도 온전할 수 있다. 그러나 지성이나 부, 지식, 아름다움을 모두 지니고서도 조각난 채로 존재할 수 있다. 시몬 베유가 어깨를 드러낸 사진이 하나 있다. 사진 속의 그녀는 매우 아름답다. 그러나 다른 사진들에서는, 그 아름다움이 더는 보이지 않는다. 그녀는 자신의 지성으로 그 아름다움의 불꽃을 스스로 꺼버렸다. 자신의 타고난 매력으로 누군가를 속이고 싶지 않았던 것이다. 그것이 진리의 힘이다. 그녀에게서 진리는 모든 곳으로 스며든다. 진리에 대한 사랑 때문에, 그녀는 자연이 자신에게 부여했던 타인의 마음을 사로잡는 교묘한 속성을 스스로 덜어냈다. 나는 그 모습이 장엄하고 아름답다고 생각한다. 우리는 거의 언제나 아름다움에 거짓된 얼굴을 씌운다. 사람을 미혹시키는 얼굴을. 그러나 그녀는 자신의 육체적 아름다움의 광채를 희생하며, 사랑의 아름다움으로 성큼 다가갔다. 육체의 거래에서 벗어나, 욕망의 대상이 되는 결코 부럽지 않은 자리에서 스스로를 지워냈다. 굶주림 속에 자신을 내맡기며, 자신에게 속한 그 사유를, 그녀를 절대와 이어주던 그 생각을 끝까지 실현했다. "에메랄드가 초록이듯 사랑하라."

*

모성^{母性}에서 내가 깊이 감동하는 점은, 그것이 바로 자기희생의 자리라는 사실이다. 지극히 강한 존재가 자신의 모든 힘을 가장 약한 존재를 위해 기꺼이 쏟아붓는 자리. 사랑은 가장 두려운 것이다. 신과 입을 맞추는 듯한 일이며, 보이지 않는 세계의 무언가를 되살리는 일과도 같다. 사랑한다는 것은 초자연적인 일이며, 신비한 경험이거나 아니면 아무것도 아니다. 그 신비는 위대한 신학자에게도, 작은 시골 여인에게도 똑같이 주어질 수 있다. 어제 나는 요람 위로 몸을 기울이고 있는 한 여인을 보았다. 아기에게 작은 목소리로 말을 걸고 있던 그 모습은 정말이지 아름다웠다. 작고 새하얀 그리스 예배당을 닮은 벌집 같았다. 그 침묵의 돔 위로 아름다운 말들이 윙윙거리며 조용히 울리고 있었다. 사랑의 말은 언제나 하

125

나의 작은 수도원을 짓는다. 그 안에선 끝없는 대화가 펼쳐진다.

*

마음이란, 사람이 죽은 뒤에도 남는 것이다. 죽음이 녹여 없앨 수 없는 것, 모든 부패에 끝내 저항하는 것. 존재의 밑동이자 뿌리이며, 모두가 그 사실을 알고 있다. 이 사회 속에서 가장 안락하게 안주하는 냉소주의자조차도, 모든 걸 살 수 있다고 믿는 어리석은 억만장자조차도 알고 있다. 그에게도 진정으로 소중한 건 몇 가지뿐이며, 대개 보잘것없는 것들이다. 절망의 순간에 그는 그 하찮은 것에 손을 뻗는다. 아이가 곰 인형에게 도움을 구하듯, 죽음을 앞둔 억만장자가 병원에 갈 때 그 하찮은 물건을 가져간다는 사실이 마음을 뒤흔든다. 그는 그 물건으로부터 위로를 받는데, 소중한 누군가로부터 선물받았기 때문이다. 위기의 순간에 가치들은 전복된다. 진실은 불행을 계기로 드러난다. 결국 우리는 자신에게 위안을 주는 실질적인 것들을 아주 조금만 소유할 뿐이다. 나는 확신한다. 만약 사람들이 자신들이 죽을 거란 걸 진정으로 안다면, 우리를 집으로 초대해 함께 식사할 것이다. 그들은 낯선 이들과 대화를 나누고, 문을 열어 이방인을 맞이하며, 말과 음식을 나눌 것이다. 자신의 죽음의 임박함 — 우리의 죽음은 언제나 임박해 있다 — 을 받아들인 사람의 영혼 속에서는 사회적 권위의 위세는 사라지고, 참된 지성이 자라난다. 언젠가 나는 죽음을 앞두고 있던 먼 친척을 방문하기 위해 파리에 간 적 있다. 그녀는 신비로움이라고는 전혀 없는, 협소하고 인색한 삶 속에 묶여 있던 사람이었다. 나는 그녀가 있는 병원으로 찾아갔다. 그녀는 나를 알아보았고, 나는 그녀에게 이제 겨우 한 줌의 날들만이 남아 있음을 알 수 있었다. 그녀가 먼저 내게 말을 건네며 크뢰조 사람들의 안부를 물었다. 그 말이 나를 미소짓게 만들었다. 그 짧은 순간, 그녀를 사로잡은 타인에 대한 그 배려가 기적처럼 느껴졌기 때문이다. 그리고 지금까지도 나는 그 순간을 잊지 못한다. 마음이란, 어리석은 자들에게조차 찾아올 수 있는 하나의 지성이다.

*

사랑이란, 우리의 모든 생각의 쇳가루가 자석을 향하듯 상대방의 마음을 향해 몰려드는 순간이다. 사랑할 때 나는 나 자신이 문득 사라져 버린 이야기 속에 있는 것처럼 내 삶 속에 존재한다. 상대방이 나의 모든 관심을 요구하기 때문이다. 샹폴리옹* 이전의 시대, 아직 해독되지 않은 상형문자 앞에 선 사람처럼 나는 선함 앞에 서 있는 것이다.

나는 선함에 굶주려 있다. 그런데 선함이란, 많이 가질

* Jean-François Champollion : 로제타석을 해석해서 이집트 상형문자의 비밀을 처음으로 풀어낸 인물.

수록 오히려 적어지는 성질을 지녔다. 내가 누군가의 얼굴에서 읽어내길 바라는 게 바로 그 선함이다. 진정으로 인간적인 얼굴은 세상에서 가장 아름다운 종이이자 가장 아름다운 글이다. 나는 그저 그 얼굴 위에 쓰여 있는 것을 옮겨 적을 뿐이다. 그러나 어떤 얼굴들은 때로 발견하기 두려울 정도다. 이 세상이든 저 하늘이든 대가를 치르지 않고서는 들어설 수 없다. 방탕한 삶은 언제나 그 사람의 얼굴에 자취를 남겨 드러난다. 끔찍한 광택이 도는 밀랍같은 얼굴이다. 반면, 영적인 힘으로 적셔진 삶은 얼굴에 어떤 투명함과 마른 빛을 부여한다. 우리는 자신의 얼굴을 책처럼 지닌다. 왼쪽 페이지에는 이미지(육체)가, 오른쪽 페이지에는 텍스트(영혼)가 놓여 있다. 이 둘은 모두 같은 제목을 가진 한 권의 책에 속한다.

이 땅에서 한 번이라도 어린아이 — 고양이 눈빛이나 작은 구슬의 반짝임을 보기만 해도 눈에 심장이 담길 만큼 행복한 작은 소녀 — 였던 적이 있다면, 그리고 마음속에 결코 뿌리 뽑히지 않는 희망 — 양동이에서 물이 튀어 오르듯 솟구치는 희망 — 을 품어본 적이 있다면, 우리는 비록 아주 멀리서라도, 몇몇 작가들이 가까이 다가가는 데 성공한 그 '보이지 않는 것'을 엿본 셈이다. 이 땅의 모든 것은 사람들에 의해 결정되지만, 선함은 오직 한 사람이 자신을 지워낼 때에만 존재한다. 이것이 바로 내가 회화나 문학의 걸작에 관심을 두지 않는 이유이다. 나는 다른 이들이 눈여겨보지 않고 남겨둔 것을 취하는 게 좋다. 윌리엄 블레이크의 이 문장처럼 말이다. '누군가를 자신보다 먼저 지나가도록 허락하는 것보다 더 위대한 일은 없다.' 이 문장은 타인을 위해 자신을 잊음으로써 세상에 결핍된 숨결을 되돌려오는 일에 관한 것이다.

태어날 때, 신은 우리 손에 작은 끈 하나를 쥐여준다. 어떤 이들에게는 그 끈이 면으로 되어 있고, 어떤 이들에게는 양모로, 또 다른 이들에게는 금으로 되어 있다. 그 끈이 질병이라는 가위에 잘리게 될 때, 그것이 양모 한 가닥이라면 우리는 정말 길을 잃게 된다. 루미의 끈은 루비로 되어 있어, 주위를 모두 빛으로 물들인다. 그 끈은 믿을 수 없을 만큼 연약하지만, 절대로 끊어지지 않는다. 선함 역시 이와 같은 본질을 지닌다. 싸구려 유리 장식들 속에서 다이아몬드를 발견하는 것과 같은 이해할 수 없는 일이며, 어디서 오는지 알 길도 없이 다만 하늘에서 떨어지는데, 바로 이 점이 신비롭다. 선함은 죄와 마찬가지로 돌이킬 수 없는 것이며 모든 걸, 심지어 시간의 본질마저도 바꾸어 놓는다. 선함은 온전히 살아 있는 누군가와의 만남이다.

때로 나는 누군가가 선함 속에 있듯 삶의 한 가운데에 서 있는 것을 보았다. 때로 누군가는 하늘에서 '영광'이 떨어지는 바로 그 순간, 그 자리에 있다. 영광은 그렇게 그에게 떨어지고, 바로 그것이 기적이다.

자동인형 작가

L'écrivain automate

열여덟, 스무 살 무렵, 나는 자동인형들을 사곤 했다. 뜨개질하는 곰, 앞발을 들고 일어서는 아름다운 흰말, 밥을 먹는 중국인 인형이 있었다. 수집은 아니었다. 나는 한 번도 무언가를 모아본 적이 없었다. 그저 가끔 그것들을 작동시켜 꿈을 꾸듯이 바라보곤 했다. 그중에서도 내가 특히 아끼던 건, 커다란 머리를 숙이며 파이프를 피우는 곰이었다. 이 자동인형들은 지극히 단순화된 완전함을 향한 꿈이었다. 나는 천국에서도 지옥에서도 세상이 끝날 때까지 뜨개질을 한다. 나는 천국에서도 지옥에서도 세상이 끝날 때까지 일어선다. 그렇게 계속된다. 자동인형을 바라보는 일은 시간으로부터 벗어나는 일 같았고, 그 안에는 어떤 마법이 있었다. 은총이 아니라 마법이었다. 왜냐하면 은총은 결코 반복 속에 있지 않으니까. 그 안에 있는 욕망, 아무것도 변하지 않기를, 모든 것이 영원하기를 바라는 욕망은 매혹적이면서 동시에 마음을 평온하게 했다.

여섯 살인가 일곱 살 무렵, 나는 생애 첫 자동인형을 보았다. 성탄절을 전후한 보름 남짓 동안, 교회의 왼쪽 회랑에는 구유가 놓여 있었다. 그곳에서 나는 놀라운 광경을 마주했다. 관절이 달린 석고상처럼 보이는 한 천사가 거기에 있었다. 구유 가장자리에서 약간 앞으로 나와 있던 그는 단 한 가지 동작만을 반복했다. 내밀고 있는 그의 두 손 위에 먼저 동전을 하나 올려놓기만 하면, 그는 고개를 위아래로 끄덕이며 "고맙습니다."라고 인사했다. 동전의 무게가 그 장치를 작동시켰던 것이다. 그런 걸 본 것은 그때가 처음이었다. 살아 있는 작은 역설 같았다. 상업학교를 다니며 돈을 좋아하는 천사라니, 불가능한 일이었다. 사제가 어린 소년을 꿈꾸게 하는 일은 드물지만, 그 천사는 나로 하여금 꿈꾸게 했다. 그가 내게 자동인형의 세계를 열어주었다. 등에 태엽이 달린 이 작고 연약한 존재들은 오늘날 사라졌고, 끔찍한 전자 게임으로 대체되었다. 나는 게임에 몰두하는 사람들이 태엽을 감아 움직이는 그 인형들과 무엇이 다른지 의문이 든다. 다만 이 경우에는 바라보는 것이 전혀 즐겁지가 않다.

어린 시절, 나는 자동인형 소녀의 이야기가 담긴 한 만화를 읽은 적이 있다. 그 이야기에는 성城과 밤, 그리고 달처럼 차갑고 서늘한 무언가가 있었다. 밤은 자동인형들의 왕국이다. 그들은 결코 태양이 뒤이어 떠오르지 않는 달빛 아래를 걷는다. 톱니바퀴로 가득 찬 심장을 지닌 그 소녀는, 어느 날 밤 성을 찾아온 두 소년 앞에 모습을 드러냈다. 그녀는 기계적으로 팔을 뻗으며 그들에게 다가갔고, 보지도 않은 채 당연하다는 듯이 그들을 지나쳤다. 끝없는 행진이라는 지옥 속에 갇힌 채, 멈추지 않고 우둔하게 걸음을 이어갔다. 그 장면은 내 안에 이상한 상상을 불러일으켰다. 거기에 아기의 손톱만 한 것이라도 덧붙이면, 아주 아름다운 이야기가 될 것 같았다.

*

이삼 년 전에서야 비로소, 내가 오랫동안 그런 삶에 대한 유혹 속에 있었음을 알게 되었다. 모든 몸짓이 완벽하기에 살아 있는 것이 들어오지 못하는 삶. 동화와 더불어 나의 첫 독서였던 이 만화책들, 색유리처럼 반짝이던 그 책들을 떠올리면, 나는 다시금 사로잡히고 만다. 『에트랑주발의 신비』라는 만화책에서 나를 그토록 매혹시킨 것은, 자동인형과 살아 있는 존재 사이의 흐릿해진 경계였다. 그 경계는 작은 두려움을 불러일으켰지만, 아주 섬세한, 레이스 같은 두려움이었다. 그 등장인물들 가운데 내 주의를 끈 인물이 하나 있었으니, 바로 '자동인형 작가'였다. 책상과 일정한 시간표를 가진 작가들, 그리고 자신의 문장을 완벽히 통제한다고 믿는 작가들 모두 등에 작은 열쇠를 하나씩 달고 있다. 그들은 독자들에 의해 정기적으로 태엽이 감기며, 같은 책을 끝없이 다시 써낸다. 나 또한 한때 등에 열쇠가 달려 있었던 것 같다.

나는 오랫동안 글쓰기를 진지하게 대하지 않았다. 나 자신을 너무 진지하게 받아들이게 될까 두려웠기 때문이다. 책들이 성공을 거두면 부유해지는 동시에 죽게 되리라는 걸 꽤 일찍 깨달았던 나는 가능한 한 가벼워짐으로써 그 덫에서 벗어나려 했지만, 그것 또한 다른 방식의 함정이었다. 내 글쓰기는 처음에는 무의식의 깊이를 지녔으나, 이내 사물의 표면으로 미끄러졌고, 나는 깊이 없이 표면만을 따라가는 '매끄러움'의 범주로 들어가 버렸다. '매끄러움'이라는 하나의 범주가 있는데, 그것은 어리석음보다 훨씬 더 심각하고 그 어떤 것보다도 더 절망적이다. 몇 해 동안 내 글의 맑은 물은 세상의 질 나쁜 포도주에 섞여버렸다. 그러나 그럼에도 내 피의 단 하나의 원자조차 — 붉은 피든 흰 피든 — 내가 쓴 말과 내가 본 빛에 동의하지 않는 것은 없었다. 스스로 경계하고 있다고 믿었음에도, 내 문장들은 너무 쓰다듬어진 탓에 광채를 잃고 말았다. 알츠하이머병으로 인한 아버지의 죽음이 나를 깨웠다. 나는 실재에 정면으로 부딪쳤고, 눈이 떠졌다. 고통은 이루 말할 수 없이 컸다. 아버지가 자신에게 자식이 있었는지조차 기억하지 못한다는 사실이 나를 얼어붙게 했다. 아버지가 세상을 떠난 뒤 나는 돌처럼 굳어버렸다. 더 이상 걸을 수 없었다. 내가 본 것이 나를 꿰뚫었기에, 나는 더 이상 보는 대상을 왜곡할 수 없었다. 그때부터 나는 무엇을 볼지 선택할 수 없게 되었다. 실재가 나를 압도했고, 그것이 해방이었다. 이상하게 들리겠지만, 나는 오십이 되어 비로소 첫걸음을 뗄 수 있게 되었다. 하늘은 때로 끔찍한 색을 띤다. 하지만 그 덕분에 이제 나는 모든 하늘을 본다. 그 모든 하늘을 받아들인다. 또한 나는 내 글쓰기 습관에 맞서 글을 쓴다. 진리를 가늠할 수 있는 한 가지 기준은 그것이 우리를 변화시키는가 하는 점이다. 진리는 사랑처럼 우리를 뒤흔든다. 하지만 너무 성급히 말하지는 않겠다. 나는 지금 '보는 법'을 배우는 중이다. 두 번째 탄생이나 다름없다. 알파벳을 다시 배우고, 글자를 쓰는 법도 새로 배워야 할 지경이다. 이제는 페이지가 스스로 단어들을 불러내는 것만 같다. 모든 문장이 찾아올 때까지 기다려야 하며, 아주 오랜 시간이 걸릴 수도 있다. 일주일 내내 단 한 문장만 찾아온다 해도 그것으로 만족한다. 내가 제대로 일했다는 뜻이므로. 이제 나는 내가 책임질 수 없는 문장을 단 한 줄도 더는 쓰고 싶지 않다.

*

대부분의 작가들은 스스로 글쓰기를 어렵게 만든다. 글쓰기는 끊임없이 변하는 삶의 흐름과 더 이상 분리되지 않을 때야 비로소 가장 정확하고 진실하다. 아이들은 조그만 돌멩이들을 가지고 물살의 흐름을 거스르는 놀이를 좋아한다. 그 행위에는 나름의 매력이 있다. 많은 작가들이 그 정도에서 만족하며, 물소리를 들을 수 있으니 그것만으로도 나쁘지 않은 일이다. 그러나 근본적으로 내가 발견한 것은, 반복에 그칠 위험이 있는 국지적인 작은 장난이 아니라 강물 그 자체가 될 수 있다는 사실이다. 이것은 진정한 발견이다. 글쓰기는 노력도 의지도 없이, 항상 변화하며 즉각적으로 그곳에 존재한다. 자기만의 물줄기를 만들어 내려 하기보다, 물의 자유로움 그 자체가 문장 속에서 흘러야 한다.

자동성의 시작에는 정확함에 대한 꿈이 있다. 자동인형은 몇 가지 동일한 동작만을 반복하지만, 그 동작이 구현되는 동시에 죽음을 맞는다. 경이로움의 귀환이자 결국 경이로움의 종말인 것이다. 남는 것은 지치고 은총 없는, 톱니바퀴 같은 반복의 메커니즘뿐이다. 자동인형을 정신적 형상의 하나로 본다면, 그것은 단 하나의 완벽함 속에 스스로를 가두어 버린 존재일 것이다. 또한 자신에게 일어나는 일을 소유하고자 하는 존재이기도 하다. 한 점의 결함 없이 완벽한 행위는 누구에게나 일어날 수 있다. 그러나 그것을 삶 전체의 토대로 삼으려는 것은 자동인형의 죽음에 이르는 운명에 자신을 내맡기는 일이다.

작가에게 찾아오는 유혹이란, 물이나 바람을 막는 장벽을 세우는 것이다. 많은 작가들에게는 갇혀 있는 무언가가 있으며, 내 책들 가운데 일부도 예외는 아니다. 바람은 무섭지만, 그보다 더 부드러운 것도 없다. 가장 뛰어난 작가들조차 무언가에 얽매여 있지만, 그 굴레는 스스로 풀어낼 수 있다. 나는 도텔을 읽으며 그것을 어렴풋이 느낀다. 그의 책들은 서로 닮아 있으면서도 모두 독창적이며, 끊임없이 새로워지는 강물의 노래를 담고 있다. 이 강물은 자신이 씻어내는 빛들을 아끼면서도 동시에 조롱하는데, 우리가 알고 있듯 강물은 오직 자기 자신보다 더 큰 곳으로 나아가려는 열망만이 있기 때문이다. 내가 강가에 앉아 아무런 물고기도 잡지 않고, 모든 의지에서 벗어나 있을 때 들을 수 있는 강물의 소리가 바로 그의 책들이 내는 소리이다. 의지의 그 경직됨이야말로 우리를 자동성에 빠뜨린다. 우리는 낚시를 하지 않는 낚시꾼이 되어야 한다. 물은 삶의 대변자다. 자기 자신조차 예기치 못한 채 흘러가는 삶, 그 흐름이 모든 것을 밝혀주고 뒤흔든다. 예전의 나는 무지했으나, 이제 나는 또 다른 형태의 무지, 즉 의식적인 무지로 향하고 있다. 그저 책을 쓰려고 의도하는 행위 자체가 제대로 된 글쓰기를 방해한다.

*

초현실주의의 작은 귀족들이 무의식적인 글쓰기라는 거짓된 기적들로 의기양양하던 시절, 아르망 로뱅*은 분노에 찬 매서운 말들을 쏟아냈다. 그가 한 말들은 우리가 지나간 뒤 공기를 후려치는 나뭇가지처럼 날카로웠다. 로뱅은 그들보다 백 배는 더 헌신적인 사람이었다. 그의 글은 새싹들이 터져 나오는 신비주의의 온전한 가지이며, 그의 문장들은 허공을 가르는 칼날처럼 질주한다. 그는 자신을 지워내는 일에 격렬하게 몰두한 듯 보이지만, 거기에는 고통에의 도취도 피학적 쾌락도 없다. 그에게

* Armand Robin(1912-1961) : 프랑스의 시인이자 번역가, 언론인. 1961년 3월 28일, 파리의 한 카페에서 발생한 사건 이후 경찰에 체포된 그는, 경찰 조사 과정에서 폭행을 당한 뒤 경찰병원에서 이틀날 사망했다. 그의 죽음은 공식적으로도 명확히 설명되지 않은 의문의 사건으로 전해진다.

는 그리스도적인 무언가가 있다. 아마도 그리스도를 박해한 자들만큼 그리스도의 빛을 강렬하게 본 이는 없을 것이다. 그 빛이 그들 내면에 깃든 그림자를 끌어올렸기 때문이다. 자기 자신의 비루함을 마주하게 만든 그 빛을 그들은 견딜 수 없었고, 그리하여 그리스도를 죽였다. 같은 이유로 아르망 로뱅 역시 죽임을 당했다.

*

문학이란, 하나의 닭장이다. 책을 펼치면 언제나 닭들이 꽥꽥거리는 소리가 들려올 뿐이다. 물론 저마다 약간의 개성이 있기는 하다. 그것마저 없었다면, 농부는 닭들을 구분조차 못 했을 것이다. 그러나 나는 언젠가 독특한 방식으로 노래하는 극락조들도 존재한다는 것을 알게 되었다. 스무 살이라는 건 참으로 고된 일이다. 하지만 유일한 은총은, 잘못을 겪고 모방에서 벗어난 뒤에야 비로소 자기만의 목소리를 찾을 수 있다는 점이다. 그 목소리야말로 우리가 죽을 때 영원토록 세상에 부재하게 될, 신이 손수 빚어낸 각자가 지닌 유일무이한 것이다. 그 목소리가 땅속에 묻힌다고 생각하면, 세상의 모든 다이아몬드를 잃는 것보다 더 심각한 일이다. 자신의 목소리를 찾는 일은 생각보다 훨씬 어렵고, 우리의 성장은 그 목소리를 지켜낼 때 이루어진다. 그 목소리를 듣는 것만으로도, 세상에 쏟아져 나오는 수많은 책들 가운데 얼마나 많은 것들이 나태함이나 유혹, 혹은 그 끔찍한 혼합에서 비롯된 것인지를 알 수 있다.

나에게 폭력성과 부드러움은 분리될 수 없다. 고양이의 발만큼 부드러운 것은 없지만, 발톱 없는 고양이는 더 이상 고양이가 아니다. 내가 누군가에게서 매력을 느끼는 것은 바로 단호함이다. 해방시키는 선한 권위 말이다. 아주 작은 수레국화조차 완고한 언어를 지니고 있으며, 에밀리 디킨슨의 언어는 풀잎처럼 날카롭다.

스무 살에 나는 사막보다 더 광막하게 느껴지는 시간을 메우려 했고, 내 마음을 하나의 별로 만들고자 애썼다. 나는 내 영혼을, 즉 누구나 죽기 전에 내어놓아야 할 그 빛을 찾고 있었다. 대부분의 사람은 명성을 갈망하지만, 우리가 다른 빛을 보게 되면 첫 번째 빛은 아무것도 아님을 알게 된다. 참된 빛은, 결코 시들지 않으며 세상의 끝날까지 향기를 내어줄 장미와 같다.

*

진정한 위대함을 알아본다는 것은 동시에 자신의 비천함을 깨닫는 일이다. 그래서 우리는 마음속의 어둠을 건드리지 않는 가짜 영광들(싸구려 가짜 신들)을 만들어내길 더 좋아한다. 앙드레 도텔의 책은 독자를 길 위로 이끌어 어떤 야생의 빛을 찾아 나서게 하지만, 『마담 보바리』는 독자를 문화적 낮잠의 깊은 안락의자 속으로 밀어 넣는다. 플로베르는 도텔과는 비교도 할 수 없을 만큼 더 널리 알려져 있고 높이 평가받는다. 그러나 진정으로 위대한 것이란, 우리를 더 큰 무엇인가를 향해 움직이게 하는 것이 아니겠는가? 플로베르의 작품은 단 한 사람의 삶도 변화시킨 적이 없지만, 우리에게는 그 말을 할 권리가 없다. 나는 눈을 뜨기까지 오랜 시간이 걸렸다. 그러나 일단 진정으로 깨어나고 나면 다시 잠들 수는 없는 법이다. 그건 세상이 잠들어 있는 동안 홀로 경이로운 밤을 지새우는 것과 같다. 예를 들어, 내 방 창문 너머로 오래된 보리수나무 한 그루가 보이는데, 몇 초 만에 단순한 구경거리를 훨씬 뛰어넘는 무언가가 그곳에서 일어난다. 광기에 사로잡힌 재단사라도 세상에서 가장 아름다운 여인들에게 보여주지 못할 눈부신 옷감의 광채를 보리수나무가 내게 보여주는 것이다. 그것은 나를 위한 것이면서 동시에 나를 위한 것이 아니고, 그렇기에 오히려 나를 위한 것일 때보다 더욱 경이롭다.

*

진정한 얼굴을 본다는 것은, 자신보다 더 큰 무언가를 본 사람을 본다는 뜻이다. 요즘 그런 얼굴을 보기란 쉽지 않다. 우리는 자신보다 더 큰 무언가를 인정하는 일이 이상하게 여겨지는, 메마른 시대에 살고 있기 때문이다. 이것이 내가 꽃들을 그토록 사랑하는 이유이다. 꽃은 곧장 자신이 아닌 다른 것을 내게 말해준다. 빛, 죽음, 색 같은 것들을. 새들도 마찬가지다. 그들은 봄에 대해, 또 흐려지는 하늘에 대해 내게 말한다. 나는 눈으로 끊임없이 수를 놓고 다시 풀어낸다. 새들은 죽은 자들에 대해 말하고, 죽은 자들은 산 자들에 대해 말하고, 산 자들은 다시 꽃들에 대해 말한다. 내게 말을 거는 것들은 물수제비처럼 작은 도약을 거듭하며 나를 끊임없이 더 멀리 데려간다.

나는 죽고 싶지 않기에 살아 있는 것을 찾는다. 그리고 생각과 시선을 통해 나 자신이 유목민이요 집시임을 느낀다. 나는 사물 그 자체에 대한 미련을 접었다. 우리가 붙잡을 수 있는 것은 오직 그것의 반영일 뿐이라는 것을 깨달은 듯하다. 생각한다는 것은 우물 깊은 곳을 들여다보고 사슬에 묶인 양동이를 내려보내, 모든 별이 비치는 검은 물을 넘실거리도록 가득 채워 끌어올리는 즐거움을 누리는 일이다. 내가 본 것을 정말이지 다른 이들과 나눌 수 있기를 바란다. 하지만 그것을 보게 된 건 내가 대가를 치렀기 때문이고, 그 대가는 다른 이들도 제 몫으로 치러야만 한다. 이 길은 각자 걸어가야 할 길이다. 불행하게도, 상대방이 진실에 대한 예감조차 갖고 있지 않다면 그 사람을 더 높은 단계의 진실로 이끌 수는 없다. 물론 만약 내가 새하얀 작은 정장 차림에 에나멜 구두를 신고 데이지 꽃을 입에 문 채 도축업자가 자기 친구인 줄 알고 가는 어린 양을 본다면, 그를 막기 위해 할 수 있는 일이 있거든 그렇게 할 것이다. 살아 있는 삶은 사방에서 포위당해 있다. 매일이 세상과의 전면전이라는 것을 절대로 잊어서는 안 된다.

*

글을 쓴다는 건 참으로 이상한 경험이다. 처음에 지니고 있던 제비꽃의 신선함을 되찾기 위해서는 수천 번을 죽어야 한다. 시작할 때 모든 것이 우리에게 주어지지만, 최초의 단순함을 되찾기 위해서 가장 고된 노력을 해야만 한다는 사실에 웃음이 날 정도다. 이 최초의 단순함은 그저 자연적인 것에 불과하기에, 어린 시절의 얼굴이 변해가듯이 사라진다. 한 번 찾아오고서는 사라져 버리며, 되찾기 위해서는 엄청난 노력이 필요하다. 마티스가 종이를 오려 붙여 만든 작품들은 아이들의 그림과 매우 흡사하지만, 결코 혼동될 수는 없다. 신선함을 다시 찾기까지는 일생이 걸리지만, 그때의 신선함은 신비에 가까운 무언가가 되어 있다. 예리함과 따뜻함, 그리고 시선의 긴장감은 아이에게서나 늙은 천재에게서나 다르지 않다. 갓난아이의 동그란 눈 속에 담긴 조금도 훼손되지 않은 신뢰가 멈추지 않고 굴러서, 몸이 떨리고 반쯤 시력을 잃은 노인의 눈에서 다시 발견되는 것은 그야말로 기적이다. 갓난아이가 신뢰를 갖는 것은 배신당한 적이 없기 때문이니 이해할 만하다. 그러나 그토록 맹목적인 신뢰가 다시금 한 노인의 눈 속에서 굴러가는 것은 동일한 신비가 심연처럼 깊어진 것이다. 그 시선들 속에서 반짝이는 건 모든 것이 가능하다는, 심지어 불가능한 것까지도 가능하다는 믿음, 즉 선善이다. 그것은 죽음을 향해 천진난만하게 나아가는 신선한 꽃을 보았을 때와 똑같은 감동을 내게 준다. 노인의 눈 속에서 발견되는 그 신뢰 속에서, 삶은 지금껏 우리에게 가르쳐 온 배신과 불행을 부정하며 이렇게 말하는 듯하다. '봤지, 자신을 잃고 세상에 휩쓸려 버리는 게 필연은 아니야.' 갓난아이의 눈 속에는 노래하는 맑은 샘물이 담겨 있는데, 누군가가 손을 모아 그 물 한 줌을 담은 채 단 한 방울도 흘리지 않고 온 생을 건너온 것을 보는 일은 놀랍기 그지없다. 실제로 나는 그런 얼굴을 살면서 두세 번 본 적이 있다. 그것만으로도, 아무리 거대한 불행일지라도 희망은 온전히 남아 있음을 믿기에 충분하다.

*

잠자는 사람 — 거의 모든 사람은 잠들어 있다 — 은 그 잠으로 인해 부유하다. 그러나 만약 은총이 그의 눈을 거칠게 뜨게 한다면, 그는 먼저 자신이 잃은 것들의 광대함만을 보게 될 것이다. 그것을 받아들인다면, 그에게 진정한 기쁨 — 설령 그 기쁨이 광기처럼 보일지라도 — 이 되리라.

좋은 광기도 있고, 나쁜 광기도 있다. 내가 살아 있는 동안 내 말도 광기에 속할진대, 그것이 어느 쪽일지는 모르겠다. 온갖 종류의 문학적 광기를 세세히 분류하기 위해서, 문학에도 파브르 같은 인물이 필요하다. 마이스터 에크하르트를 보라. 그의 사유의 방앗간 속으로 들어가면, 나는 머리끝에서 발끝까지 밀가루를 뒤집어쓴 채 온통 하얗게 되어 나온다. 하지만 그건 조금도 거슬리지 않는다. 확신과 의지의 족쇄에서 우리를 해방시키는 성스러운 광기이기 때문이다. 그러나 프루스트나 발자크, 플로베르의 광기는 다르다. 그들의 광기는 자신들이 글쓰기의 주인이라 믿고, 또 자처하는 데 있다. 바로 이 지나친 진지함이 그들을 작가라고 자처하게 만든다. 그들의 작품에는 우연이 들어설 자리가 전혀 없으며, 모든 것이 계산되어 있다. 나는 우리 모두가 광기를 지니고 있다는 사실은 기꺼이 수긍한다. 그러나 그 광기마저 '환상'을 잃어버릴 때, 그것이야말로 가장 참혹한 일이다.

어느 날, 매우 진지한 한 남자가 혼잣말을 하듯 내게 말했다. 아기 시절 유모차 안에서 느꼈던 이루 말할 수 없는 부드러움과 안락함을 여전히 기억하고 있노라고. 그 생각은 수 세기 동안 닫혀 있던 그의 영혼의 탑에서 빠져나온 한 마리의 아름다운 새 같았다. 자기 자신으로 온전히 존재한다는 건 실로 지극히 어려운 일이다. 장 폴랭에게조차 존경받았던 장 주네는 자신의 영혼을 존중할 줄 몰랐고, 결국 심미주의 속에서 길을 잃었다. 그의 마지막 책 『사랑에 빠진 포로』의 어떤 페이지들은 괴이할 정도로 정교하고 과장된 미적 취향으로 가득하지만, 또 어떤 순간에 그는 단번의 몸짓으로 심미주의를 떨쳐버린다. 조금만 예민한 사람이라면 느낄 것이다. 장 주네가 봉제 인형처럼 부드러운 마음을 지니고 있었으며, 그가 자신의 선함을 숨기려 애썼음을. 바로 그 때문에, 그는 심미주의 속에서 길을 잃고 말았다. 사람들이 그의 책을 읽으며 찾는 것은, 안락의자에 앉아 생을 보내는 이들이 길러내는 극단과 악의 고양이다. 심미주의자들이야말로 아름다움을 가장 늦게 알아보는 사람들이다. 나는 그저 멈춰서 관망하는 구경꾼이 될 수 없다. 아름다움이 나를 맞아들이면, 나는 그 안에 잠겨 아름다움과 하나가 된다. 목자의 품에 불쑥 안기는 한 마리 양처럼, 내 가슴은 벅차오른다.

*

나는 글을 쓰기 위해 결코 스스로를 강요하지 않는다. 꽃을 자라게 하려고 머리채를 잡아당기지는 않는 법이니까. 무언가가 내 심장에서 손끝으로 흘러나올 때에만 쓴다. 가장 잘 될 때는 내가 작업을 한다고 해도, 그저 꽃이 일하듯이 할 뿐이다. 그 이상도, 그 이하도 아니다. 때로는 온 정신을 쏟아 모든 것을 통제하려 하지만 실패하고, 또 어떤 순간에는 눈을 감은 줄타기 곡예사처럼 발을 어디에 두는지 보지 않고도 모든 것을 성공시킨다. 이따금 문장들이 내 손을 빌려 스스로 쓰여 내려간다. 단순하게, 꾸밈없이. 다시 말해, 즉흥적으로 글을 쓴다.

즉흥적인 행위는 아름답다. 영원을 단숨에 낚아채는 것과도 같다. 그때 우리는 하늘을 붙잡아 땅에 꿰맨다. 이것이 바로 디누 리파티가 하는 일이다. 그가 연주할 때면, 신선한 눈이 달빛을 부수며 내린다. <예수, 인간 소망의 기쁨>를 연주할 때, 그는 눈부신 단순함의 깊이에 도달한다. 음악은 그의 손끝에서 장미처럼 피어나고, 그는 눈과 달과 삶이 동시에 노래하도록 만든다. 줄이 마음이고 음표들이 진주라면, 글렌 굴드는 목걸이의 진주들을 차가운 재앙 속에 떨어뜨리지만, 리파티는 마음으로 연주하여 변치 않는 목걸이를 만든다. 너무나 아름다워서, 단 한 점의 장신구도 걸치지 않는 성모 마리아에게조차 어울릴 목걸이다.

죽음의 낙원

Le paradis de la mort

잊을 수 없는, 그러나 지금으로서는 알지 못하는 무언가가 있다. 내가 죽을 때 되찾고자 희망하는 게 바로 그것이다. 우리 삶의 끝이 반드시 죽는 날과 일치하는 것은 아니다. 어떤 이들에게는 삶의 끝이 죽음보다 훨씬 이전에 찾아오지만, 진정으로 살아 있는 이들에게는 어쩌면 영원히 오지 않을지도 모른다. 죽음을 온전히 신뢰하기에, 나는 결코 절망하지 않는다. 사실 그건 삶에 대한 신뢰가 그 극한에 이른 것이기도 하다. 시간에 속하는 죽음은 시간에 속하지 않는 무언가를 건드릴 수 없다. 다만 그것을 알아보기 위해서는 엄청난 노력이 필요하다. 죽음에도 불구하고 지속되는 어떤 것이 있다. 억누를 수 없는 기쁨, 신과 그의 부재에 대해 말해주는 이유 없는 기쁨 같은 것, 어떤 줄기에도 의지하지 않고 스스로 서 있는 꽃처럼 남아 있는 한 줄기 빛 같은 것. 사랑하는 이의 죽음에는 고통이 있지만, 죽은 이를 떠올릴 때 찾아오는 헤아릴 수 없는 부드러움 또한 있다. 내게 죽은 이들이란 삶의 가장 좋은 부분을 취해 끝없이 먹는 존재들이다. 나는 그들이 우리가 알지 못하는 어떤 것을 알고 있다고 믿는다. 우리가 그 앞에서 문맹이 되는 어떤 진리를. 죽은 이들이 돌아오지 않는 까닭은, 그들이 살아온 모든 생애보다 더 큰 경이로움을 발견했기 때문일 것이다. 나는 죽은 이들을 모든 근심에서 벗어나 믿을 수 없이 아름다운 사유에 끝없이 몰두한 존재로 본다. 삶은 마음에서 마음으로 이어지는 그 찬란한 사유를 끊어버리느라 온 시간을 보낸다. 그 사유의 빛은 끊임없이 가리어지지만 이내 다시 이어지며 빛을 발한다.

나는 허무함을 느끼지 않는다. 내가 이렇게 느낀다면, 굳이 숨길 까닭이 어디 있겠는가. 이 생에서 많은 것을 본 건 아니지만, 내가 본 그 적은 것들로부터 나는 결코 헤어 나오지 못할 것이다. 한 문장의 놀라운 정확성이나 한 얼굴의 선함, 그것들은 너무도 강렬한 실재여서 나는 바로 그 여운 속에서 글을 쓴다. 그러니 나는 벚나무 잎사귀나 혹은 어린아이의 웃음에 초점을 맞춘다.

*

불행보다 더 강한 것이 있다. 그것은 바로 희망이다. 희망이란, 이 세상 외의 다른 무언가가 존재한다는 단순하고 경쾌한 생각이다. 옛날에는 하늘이 모든 것에 스며 있었다. 풍습에도, 일에도, 심지어 앞치마의 주름과 농부의 신발 밑창에도 깃들어 있었다. 대기는 늘 천사들의 흐름으로 관개灌漑되는 듯했다. 눈에 보이지 않는 무언가가 산 자들과 죽은 자들 사이를 오가곤 했다. 하늘이 지워지자 바로 그 무언가도 함께 사라져 버렸다. 반 고흐의 그림을 보며 나는 이런 생각을 했다. 혹시 그가 손끝과 시각으로 느끼는 것 외에는 다른 어떤 의식도 갖지 않은 채, 대기가 아직 희망의 빛에 물들어 있던 세계의 스러져가는 순간을 목격한 건 아닐까 하고. 굵고 가는 선으로 되살아난 반 고흐의 농부들은 너무나도 올곧은 방식으로 땅과 결속되어 있어서, 그 결속이 하늘로도 미친다. 그가 그린 하늘을 떠올리면, 모든 것이 끝나가고 있는 듯하다.

*

정신이란, 우리로 하여금 세상을 견딜 수 없게 만드는, 또 우리가 이 세상에 무언가를 양보할 때마다 스스로를 견딜 수 없게 만드는 것이다. 그런 의미에서 나는 사회가 파멸로 치닫고 정신적인 것에 더 이상 관심을 두지 않게 된 것이 오히려 '정신'에는 행운이라고 말하겠다. 사실 가장 큰 위험은 사회가 정신에게 자리를 내어주는 경우일 테다. 종교가 번성하던 시대들이야말로, 오히려 정신에 가장 위태로운 시대였을지도 모른다. 반대로 현대 세계는 정신에 관하여 명료함이라는 미덕을 지닌다. 즉 정신과 영혼은 이 지상에서 더 이상 할 일이 없다는 것이다. 철학과 종교는 그저 세상이 좀 더 원활히 작동하도록 스스로를 조절하는 내부적인 방식에 지나지 않는다. 철학과 종교에 대해 글을 쓰는 이들은 그저 안일하게 중얼거릴 뿐, 누구도 불편하게 하지 않는다. 그들의 글은 인본주의와 온건한 도덕주의가 뒤섞인 혼합물에 불과하다.

그러나 장 설리반이나 스타니슬라스 브르통처럼 그런 웅얼거림에 머물지 않는 이들은 불편하다는 이유로 사실상 무시당하고 만다. 이제 우리가 '정신'이라 부르는 것에게 허락된 공간은 더 이상 남아 있지 않다. 그렇기에 정신은 절대적인 저항으로 내몰릴 수밖에 없으며, 그 어떤 것과도 타협할 수 없다. 세상에 오직 물질만 존재한다는 사실이 너무도 명백하기 때문이다. 이 점은 예전보다 훨씬 뚜렷하다. 과거에는 교회의 종탑이 하늘을 향해 손가락처럼 솟아 있었고, 그건 무한을 끊임없이 상기시키는 작은 표식이었다. 오늘날 정신은 가능한 곳이라면 어디든 몸을 숨긴다. 한 줄기 풀잎 속에도, 혹은 며칠 전 내가 보았던 비둘기 속에도. 눈송이처럼 새하얗던 그 비둘기는 작은 진주 같은 빗방울이 떨어지는 가운데에도 절대적인 고요 속에 머물러 있었다. 너무도 감미로운 그 모습에 나는 비가 무엇인지를 깨달았고, 궂은 날씨를 탓하기보다는 차라리 인간의 행위를 비판하는 게 더 낫다고 여겼다.

*

오늘날 모든 것을 잃었기에 마침내 부활은 시작될 수 있다. 신성했던 모든 것이 검은 바람이 몰아친 뒤의 나무들처럼 쓰러졌다. 부활이라는 말은 거의 완전하게 실현된 이 상실 속에서 비로소 실제적인 지반을 얻는다. 죽은 이의 부재가 오히려 그의 존재로 우리를 가득 채워 그를 더욱 소중하게 만들 듯이, 땅에 얼굴을 묻고 쓰러진 나무를 마주할 때 우리는 나무가 무엇인지를 알게 된다.

묘지를 거닐다가 한 묘비에 새겨진 글귀를 보았다. ‘여기 아무개가 잠들다. 부활의 날을 기다리며.’ 새겨진 돌보다 더 단단했던 그 문장은 나로 하여금 복음서를 떠올리게 했다. 부활의 아침, 빈 무덤의 장면에서 나를 납득시키는 것은 누구도 거기에 오래 머무르지 않는다는 점이다. 복음서 저자들은 그 사건에 단 두 줄만을 할애했다. 위조자들이었다면 부활에 관해 여러 권의 책을 썼을 것이다. 바로 그러한 이유로, 나는 그 장면을 믿는다. 가장 중요한 일이 복음서에 거의 언급되지 않는다는 건 기이한 일이다. 마리아의 장면에서도 나를 납득시키는 것은 바로 그와 같은 기이함이다. 그녀는 아들의 신성을 전해 듣는 은총을 받았고, 서른 해가 지난 뒤에는 그것을 잊었다. 삶이란 정확히 그런 식이다. 그녀는 다시 어머니의 자리로 돌아가 앉았다. 벼락을 맞았던 사람이 다시 일상이라는 작은 울타리만을 바라보는 것이다. 복음서의 그 장면을 읽을 때마다, 나는 그것이 진실임을 느낀다. 모든 것을 알게 된 후에도 일종의 망각 속에 놓일 수 있음을. 가장 본질적인 것마저 잊어버리는 그 망각, 자신이 누구를 잉태할 것인지 이미 들었음에도 무감각해져 버린 어머니처럼 말이다.

온갖 지혜란 결국 우리를 길들이는 하나의 방식에 지나지 않는다. 그러나 복음서에는 목련 가지만큼이나 생기를 불어넣는 무언가가 있다. 아주 오래된 의자를 가지고 있는 골동품상이 그 의자의 다리에서 갑자기 새순이

돋는 것을 보는 것과 같이, 복음서를 읽을 때 우리는 이상하리만큼 몸과 마음이 되살아남을 느낀다.

*

부활에 대해 말한다는 건 모든 말들이 흔들리기 시작하는 영역에 들어서는 일이다. 나는 내가 부활에 대해 전혀 모르고 있음을 알고 있다. 그러나 바로 그렇기에 그 말은 내게 더욱 소중하다. 실로 부활이라는 단어는 정의상 거의 우리가 아무것도 알지 못하는 유일한 말이다. 한편으로는 존재하지 않는 어떤 것을 말하는, 스스로 육화되기를 기다리는 단어 같다. 아마도 내가 소멸하기 이전에는 이 단어에 대해 아무것도 알 수 없으리라. 그러나 이 단어가 폭발하며 원자적이라 할 만큼 강렬한 빛을 내뿜는 자리인 '침묵'에는 닿을 수 있지 않을까? 매우 정밀하고, 자주 쓰이지 않기에 조금도 닳지 않은 단어. 금관악기의 금빛 광채 같은 무언가가 깃들어 있으며, 그 울림 또한 품고 있는 단어. 꽃처럼 터지지만, 자연 어디에서도 들을 수 없는 침묵 속에서 폭발하는 단어. 하지만 내게는 이 단어의 첫 번째 의미 또한 중요하다. 그것은 단순히 '깨우다'라는 뜻이다.

*

신에 대해서는 오직 간접적으로만 알 수 있다. 나는

위대한 왕을 섬기듯 신을 섬기던 사람들을 통해 알게 되었다. 그러나 두렵고도 경이로운 날들로 나를 초대한 그 존재, 고집스럽게 은둔하는 그 성주를 나 또한 다른 모든 이들처럼 한 번도 본 적은 없다.

누군가가 자신을 지독하리만치 앞세우는 모습을 볼 때면, 나는 더 이상 하늘에 대해 아무것도 짐작할 수 없다. 그때 하늘은 검게 드리워진다. 그러나 누군가의 의지가 고통이나 기쁨으로 인해 그의 얼굴에서 멀리 물러나는 것을 볼 때, 나는 신적인 무언가를 느낀다. 그 순간 그 얼굴은 석양만큼이나 장엄해진다.

*

천사들에 대해 이야기하는 건 매우 조심스럽다. 요즘 그들은 철학서나 수상쩍은 신비주의 책 같은 좋지 않은 곳을 자주 드나든다. 나는 내세를 상상하는 걸 좋아하지 않는다. 신학자 같은 앵무새들, 그런 천사들로 가득한 새장으로 저세상을 상상하는 일은 내키지 않는다.

내게는 작은 천사가 하나 있다. 은빛 가루로 덮인 작은 고깔 모양의 몸체에, 종이 반죽으로 만든 머리가 성냥개비 끝에 붙어 있다. 날개는 초콜릿을 감싸던 은박지로 만들어졌고, 그 민머리에는 네 가닥의 털실이 머리카락처럼 붙어 있다. 그렇지만 나는 여전히 이 싸구려 천사를 더 좋아한다. 가끔 내 방 마룻바닥에 머리를 부딪히곤 하는 네 푼짜리 천사. 이제 나는 낮과 밤을 나무 톱밥의 천사, 인동덩굴의 천사, 그리고 그 밖의 모든 천사들과 함께 어울리며 보내고 싶다. 사실상 끝이 없는 이 목록을 늘어놓으며, 내 생각을 달콤한 감상에 빠뜨리려는 것은 아니다. 그런 천사들은 보이는 것과 보이지 않는 것이 맞닿는 지점에 있다. 너무나 미세해서, 눈으로는 더 이상 감지할 수 없게 되는 그 경계 위에. 바로 그 천사들이 이 땅의 가장 미세한 것들에 형태를 부여하는 존재들이다.

성경에 나오는, 하늘에 거처를 두고 있는 그 천사들에 대해서는 아무리 말해도 지나치지 않을 것이다. 나는 그들을 '어쩌면 울고 있는 천사들과 함께 우리를 에워싸고 있을 진리'라는 랭보의 한 문장 속에서 가장 선명히 본다. 실제로 우리는 진리에 그 무엇도 내어주지 않으니 천사들이 눈물 흘리는 데에는 그만한 이유가 있는 것이다. 이 아름다운 문장을 들을 때면, 나는 더는 아무것도 알 수 없고, 다만 내가 결코 충분히 사랑하지 못하리라는 것만을 알 뿐이다. 삶의 끝에서 카트린 포지*처럼 이렇게 말할 수 있어야 하는데, 나는 거기에 이르지 못할 것임으로. "나는 곧 죽을 것이다. 하지만 모든 것이 괜찮다. 정신의 투명함과 감정의 엄밀함이 실은 하나라는 것을 너무도 잘 알기 때문이다." 하지만 천사들에 대한 이야기로 돌아가자면, 그렇다, 보이지 않는 것들의 사랑에 우리를 내어주기 위해 우리를 무거움으로부터 벗어나게 해주는 무언가가 없다면, 우리는 아무것도 아니며 심지어 존재

* Catherine Pozzi(1882~1934) : 프랑스 시인이자 사상가로, 영적 고독과 초월적 열망을 담은 대표작 「성모께 드리는 기도(Oraison à la Vierge)」로 알려져 있으며, 생의 말년에 남긴 시적·철학적 기록들로도 높은 평가를 받는다.

하지도 못하리라는 사실은 내게 자명해 보인다.

*

　대부분의 시들은 성냥개비와 같다. 긁어 켜는 순간 아름다운 불꽃을 피우며 잠시 우리를 밝히지만, 이내 손에는 그을린 나무토막만 남는다. 나는 한 번도 빛을 본 적은 없으나, 그 빛을 온전히 알고 있다. 그리고 진정한 빛은 그런 식으로 쉽게 꺼지지 않는다는 것도. 가장 고귀한 빛을 주는 이는 시인들이 아니라, 시보다 더 아름다운 빛을 엿본 이들이다.

　누군가 세상을 떠날 때 가장 고통스러운 것은, 이제 더는 그의 어깨에 손을 얹고 몇 마디 소박한 말을 나눌 수 없다는 사실이다. 사랑하는 누군가를 땅에 묻을 때마다 이런 일이 일어난다. 우리 안의 살아 있는 한 조각이 함께 파묻히는 것이다. 이런 사유를 끝까지 밀고 나가기란 너무도 고통스러운 일이기에 거의 불가능하다. 그럼에도 세계는 우리에게 부드러운 위로와 수수께끼들을 계속 내어주고, 슬픔에 무너지지 않기 위해서는 바로 그것들에 귀 기울여야 한다. 예를 들어, 복음서에서 사람들은 각자의 일을 가지고 있는데, 이것은 하나의 신비다. 그리스도를 따르기 위해 자신의 일을 떠나는 이들을, 그 사건들을 떠올려 보면, 이전에 그들이 물고기를 낚을 때와 똑같은 정확함으로 이제는 영혼을 낚고 있음을 알게 된다. 생계를 위해 쓰이던 그 기술이, 그들을 영원히 살게 하려고 이미 마련되어 있었던 것처럼. 영적인 삶이란, 어쩌면 세속의 삶을 주의 깊고 평온하며 충만하게 수행하는 것 그 이상도 이하도 아닐지 모른다. 빵 굽는 이가 제 일에 완벽하게 헌신할 때, 신은 그 제빵소 안에 계신다. 하늘은 그리스도와 함께 평소보다 조금 더 지상으로 내려와, 사람들이 마음을 다해 행하는 일들을 통해 이곳저곳에 제 자리를 찾는다. 어부들의 그물이나 포도주 가죽부대, 혹은 빵 바구니 속에 그를 맞이하기 위한 작은 틈이 준비되어 있었던 것처럼. 복음서만큼 땅과 노동, 그리고 말하는 기쁨이 찬미된 적은 없었다. 그곳에서 하늘과 땅은 인류 역사상 처음이자 어쩌면 마지막으로 서로 마주 선다.

*

장 주네는 『자코메티의 아틀리에』에서 '죽은 자들을 위한 예술 작품'에 대해 이야기한다. 이 한 문장 속에서, 자신을 무신론자라 확신하던 그는 불현듯 초월의 기미를 느낀다. 뒤르켐이 정확히 말했듯, 불량배일지라도 초월의 감각을 가질 수 있고 반대로 선량한 사람일지라도 그것을 갖지 못할 수 있다. 그러므로 사회나 역사의 진보 속에서 구원을 찾으려는 환상은 버려야 한다. 나는 어느 시대도 빛을 받아들인 적이 없다고 생각한다. 그러나 지금 우리 시대는 더 끔찍하다. 인류 역사상 처음으로 하늘을 지워버렸기 때문이다. 예전에는 번개가 밤을 가르듯 하늘이 스스로 길을 트며 내려올 수 있었다. 그때 세상은 단순히 예속의 장소만은 아닌 다른 무엇이었고, 그 다른 무엇이 은총을 불러올 수 있었다. 그러나 오늘날 우리는 칠판 위의 글씨를 스펀지로 지우듯 그렇게 간단하고도 부드럽게 하늘을 지워버렸고, 처음으로 오직 우리끼리만 남겨졌다. 그리하여 이제 남은 것은 오직 서로가 서로를 집어삼키는 일뿐이다. 지금의 세상을 알기 위해서는 미국인들이 하는 말을 들어보기만 해도 충분하다. 그들에게는 도처에 퍼져 있는 고유한 어떤 것이 있는데, '내가 하는 일은 옳다'라는 일종의 터무니 없는 자기만족이다. 그들은 아무런 결함도, 시선도 없는 사람들 같다.

눈동자 속에 비친 하늘의 반영이 '시선'을 만들어 낸다. 떨리는 눈망울 위로 던져지는 작은 조약돌처럼. 하늘을 지워버리면, 시선 또한 사라진다. 태어날 때 눈 속에 깃들어 있던 그 빛을 우리는 조금씩 그리고 체계적으로 빼앗겨 왔다. 오늘날 대다수 사람들에게 그리스도는 다만 월트 디즈니의 최종적인 캐릭터일 뿐, 그 이상도 그 이하도 아니다.

*

오늘날 모든 것은 타락했다. 시간마저 가격표가 붙어 있다. 그렇기에 나는 '부활'이라는 이 제목을 하나의 명령처럼 받아들인다. 내가 나 자신에게 내리는 계율. 나는 부활을 향해 나아간다. 부활은 단 한 번으로 이루어지는 일이 아니다. 랭보가 말했듯이, '한 번 내디딘 걸음을 계속 이어가야' 한다. 주의를 기울이지 않으면, 죽음과 잠, 안일함과 안락함이 언제든 다시 찾아올 수 있다. 세상의 힘은 그 어느 때보다 강하다. 우리가 역사적으로 알고 있는 테러리즘은 — 그 구성원의 일부가 천사의 얼굴을 하고 있었다 해도 — 자신이 공격한다고 주장하는 체제를 오히려 강화하는 데 그칠 뿐이다. 영혼의 부정이 이토록 강력하고도 태연했던 적은 없었다. 이제 정신은 부정조차 당하지 않는다. 단순한 부정보다 더 은밀하고 교묘하게 지워져 버린 것이다. 우리는 육체만 밖에 나갈 권리가 허락된 죄수와 같다. 영혼은 하루 스물네 시간 감옥에 머물러 있을 것이다. 나머지, 번쩍이는 겉모습, 오직 그것만이 자유롭다. 이 사회는 더 이상 자기 자신 외에는 믿지 않는다. 즉, 아무것도 믿지 않는다는 뜻이다. 세상이 단 하나뿐이라면 그 안에서 첫 번째가 되어야 하기에, 각자가 모든 이를 상대로 벌이는 지옥 같은 싸움이 벌어진다. 거기에는 나름의 논리마저 있다. 모두가 받아들인, 합법적인 살인. 오늘날에는 더 이상 어떤 장애물도 없다. 텅 빈 밤을 헤치며 나아가는 것과 같은, 끝이 보이지 않는 일종의 부정적 진보 속에 우리는 놓여 있다. 미치광이가 자신의 광기를 풀어놓은 것처럼, 우리는 조금의 자비도 없는 무언가를 일으켰다. 모든 것이 무너지고 나서야 우리는 생각하기 시작할 것이다. 허무주의는 우리를 먹여 살리는 것들에 맹렬한 공격을 가하고, 그로 인해 모든 양식이, 모든 생명의 자양분이 타격을 입는다. 우리는 나쁜 말들을 먹도록, 끔찍한 미소들을 삼키도록 강요받는다.

모든 것을 씻어내야 한다. 심지어 말조차도, 종교조차도. 종교적 선의善意는 내게 랭보가 '웅덩이'라고 불렀던 것을 떠올리게 한다. 갈증을 해소할 물도 없고, 하늘의 반영을 담아내지도 못하는 웅덩이. 종교는 이제 아무도 먹이지 못하는 무미한 양식이 되어버렸다. 마음을 말할 때조차 어떤 능력도 발휘하지 못한다. 그 단어를 더는 믿지 않기 때문이다. 오직 시詩만이 여전히 살아 있는 반란의 씨앗을 품고 있다. 위대한 시인들이 나비를 노래할 때, 단지 그것에 그치는 것은 아니다. 그들은 우리에게 가장 먼저 구원의 손길을 건네는 것이다.

*

답은 비가시적인 세계 안에만 존재한다. 나는 다만 믿는다. 죽음을 맞이하는 날, 내가 주고받은 모든 진실한 사랑이 내 곁에 서 있으리라고. 내게는 무덤이야말로 — 그 형태에 이르기까지 — 책과 가장 닮아 보인다. 이것이 내가 말할 수 있는 전부다. 묘지와 마찬가지로 책의 표지 아래에도 부활을 기다리는 하나의 영혼이 있다. 독서는 그 영혼을 파내는 일이다. 책 속에는 다시 살아날 수 있을 뿐 아니라 우리를 되살릴 수도 있는 무언가가 있다. 책의 표지를 들어 올리는 일은 묘비를 들어 올려 죽은 자들의 왕국으로 들어가는 일이다. 게다가 묘비는 책의 표지처럼, 그 위에 무언가가 새겨져 있는 몇 안 되는 사물 가운데 하나다.

죽음에 대해 말하자면, 그것이 모든 것보다 강력한 때는 아마 단 한 순간뿐일 것이다. 사랑과 죽음, 이 예측할 수 없는 두 가지가 우리를 비춰준다. 오직 이 사건들을 통해서만 우리는 지혜로워질 수 있다. 그것들이 우리를 무지로 되돌려 놓기 때문이다. 사회도 일상도 더는 존재하지 않는 그 순간들 속에서만 우리는 진정으로 무언가를 배우는지도 모른다. 그 순간들은 모든 대답을 넘어서는 하나의 질문을 우리에게 던지는데, 그때 대답하는 것은 오롯이 우리 자신이다. 미리 준비된 온갖 답변들은 산산이 부서지고, 그 자리에는 오직 단 하나의 확신만이 남는다. 눈이 시릴 만큼 아름답고, 태양처럼 눈부시며, 손끝에 닿는 순간 꽃잎이 떨어져 버리는 이 장미의 영광을 죽음은 결코 가져갈 수 없다는 확신. 어제 해 질 무렵, 흰 장미 덤불 앞을 지나며 나는 깨달았다. 죽은 이들과 장미들은, 이 땅 위에서, 우리 곁에서, 똑같은 방식으로 존재하고 있음을.

*

내가 앞으로 어떤 책을 쓰게 될지 나는 알지 못한다. 내가 어떤 사람이 되어 있을지 모르기 때문이다. 지금으로서는 내 삶이 끊임없이 피어나는 꽃 같기를, 그 향기가 점점 더 깊어지기를 바란다. 나는 진심으로 울 수 있기를 바란다. 더 많이 사유할수록, 오히려 덜 이해하게 되기를 바란다. 초원만큼이나 아름다운 책들을 읽고, 글로 쓰인 빛 위에 내 시선을 얹고 싶다. 갓난아이보다 더 싱그럽게 죽음에 다다르고 싶다. 물에서 막 건져 올려진 아기들의 그 놀라움 속에서 죽음을 맞이하고 싶다.